무식한 도깨비는 부적을 모른다

무식한 도깨비는
부적을 모른다

박황희 지음

도서출판
수류화개

인생도처人生到處 유상수有上手

/

정범구(전 주독일 대사)

/

"살아 있는 동안

　부디 자신을 너무 늦게 발견하지 말라"

– 〈작별을 위한 유언〉 중에서

　세상을 살다 보면 발길 닿는 곳마다 살아볼 만한 청산이 있고[人生到處 有靑山], 인생이 이어지는 자리마다 나보다 나은 고수가 있음을 깨닫게 된다[人生到處 有上手]. 내 삶에서 하전霞田 박황희 박사를 만난 일이 바로 그러했다.

　'거리의 철학자.' 그렇다. 그의 철학은 강단보다 그가 몸을 두는 저

잣거리에서 더욱 또렷이 빛난다. 그는 스쳐 가는 바람에서 힐끗 세월을 읽어내고, 이름 없는 장삼이사들의 얼굴에서 역사의 줄기를 들춰낸다. 일상의 먼지 속에서 사유의 광맥을 캐내는 그는 보기 드문 천재다.

나는 그를 술집에서 만났다. 맨정신으로 견뎌내기 어려운 세월이라는 핑계 아래 우리는 종종 술집을 우리의 광장으로 삼았다. 이 시집에는 그 광장에서 그가 설파하던 말들이 활자의 옷을 입고 여기저기 얼굴을 내민다. 술기운 속에서 흘려보낸 말들이 아니라, 취기마저 통과한 뒤 남은 문장들이다.

이 책은 그의 '미리 쓰는 유서'이기도 하다. 그러나 이 유서는 죽음을 준비하기 위한 글이 아니라 남아 있는 하루를 허투루 살지 않겠다는 서약에 가깝다. 그래서 이 시집에는 유독 반성문과 성찰의 제목을 단 시들이 많다. 〈아내에게 쓰는 반성문〉, 〈인생 반성문〉, 〈자아 성찰〉 같은 시들이 그렇다.

그 반성의 상당수는 아내를 향해 있다. 때로는 은근하게 고백하고

"당신의 하루는
 내가 다시 배워야 할 기도"

때로는 애절하게 뒤늦은 깨달음을 토해낸다.

"나는 이제야 안다. 평생 사랑한 것은 바다가 아니라
 바다처럼 깊은 사람이었다는 것을

그리고 그 사람이 오늘에서야 비로소 퇴근한다는 것을."

이쯤 되면 눈치 빠른 독자들은 알아챌 것이다. 이 책은 시인이 아내 최정미 여사에게 바치는 하나의 '충성 서약'이며, 늦게 도착한 반성문이라는 사실을. 오랜 직장 생활을 뒤로하고 곧 집으로 돌아올 아내를 위해 그는 미리 언어의 자리를 깔아 둔다. 시라는 형식으로, 삶의 태도로.

"진짜 사랑은
소유가 아니라
상대의 자유를 감당하는 용기이며
무엇을 얻기보다
무엇을 버릴 줄 아는
더 큰 마음이라는 것을"

— 〈남과 여〉

이미 《을야의 고전 여행》, 《둥지를 떠난 새 우물을 떠난 낙타》를 통해 우리가 발 딛고 선 현실과 역사에 날 선 질문을 던져왔던 그는 인생의 전반기를 지나 이제 한 권의 결산보고서를 내민다. 그것은 성과표가 아니라, 태도의 보고서다.

"모든 날개가 독수리일 필요는 없다.
참새도 날고

나비도 난다.
존재는
자기 높이에서
가장 빛난다."

그렇다면 묻지 않을 수 없다.
무식한 도깨비는 정말로 부적을 몰라보는 것일까?
아니면 너무 늦게 알아본 것은, 언제나 우리 자신이 이었던 것일까?

하전霞田 선생의 아포리즘

/

정철승(변호사)

/

　현자의 아내는 종종 악처로 기록되는 억울한 운명을 피하기 어렵다. 소크라테스의 아내 크산티페는 악처의 대명사가 되었고, 공자는 아내 올관씨兀官氏를 내쫓았으며, 석가모니는 가출로 가정을 떠났다. 사대성인 가운데 아내와의 불화가 전해지지 않는 이는 예수뿐인데, 그는 미혼으로 생을 마쳤다. 현자의 삶은 종종 오해를 낳는다. 수도와 달관의 태도는 그 곁에 선 이에게 무위와 무책임으로 비치기 쉽고, 그 결과 현자의 아내는 역사 속에서 종종 악처로 기록되곤 했다.

　바다와 술의 현자, 하전霞田 선생의 시집 《무식한 도깨비는 부적을 모른다》는 그러한 오래된 오해의 역사에 대해 조용하면서도 단단한 반론을 제시한다. 이 책은 바다와 술, 일상과 성찰의 언어로 빚어낸 역설적 깨달음의 아포리즘 시집이다. 바다를 관조하며 삶을 사유하고, 술을 매개로 자신을 성찰하며 건져낸 문장들은 쉽게 읽히되 절대 가볍지 않다. 삶의 가장 낮은 자리에서 길어 올린 깨달음은 담담한 문장 속에 깊게 스며 있다.

특히 이 시집은 정년 퇴임을 맞은 아내에게 바치는 헌정의 의미를 지닌다. 무심하고 철없던 자신을 돌아보는 시인의 고백은 개인적 사연을 넘어, 사랑과 동반의 의미를 다시 묻게 한다. 이는 시인의 부족함에 대한 성찰이자 뒤늦은 고백이며, 사랑이란 무엇인가에 대한 가장 인간적인 답변이다. 이로써 아내는 '현자의 곁에 선 희생자'가 아니라, 한 인간의 삶을 끝까지 지탱해 온 진정한 동반자로 기록된다.

《무식한 도깨비는 부적을 모른다》는 삶을 가볍게 소비하지 않고, 진지하되 과장되지 않은 깨달음을 구하는 독자에게 일독을 권하고 싶은 시집이다. 과장 없는 언어, 절제된 성찰, 그리고 뒤늦게 도착한 사랑의 고백이 오래도록 독자의 마음에 머문다.

인생 격언서이자 아내에게 바치는 참회록

/

이영준(의학박사·한의학박사)

/

　나의 의형제이자 한문학과 고전 번역학의 깊은 숲에서 오래도록 고전의 지혜를 길어 올려 온 하전霞田 박황희 교수가 지난해 산문집 《을야의 고전 여행》과 《둥지를 떠난 새 우물을 떠난 낙타》에 이어 이번에는 자신의 생을 온전히 투사한 시집 《무식한 도깨비는 부적을 모른다》를 세상에 내놓았다. 촌철살인의 논리로 시대의 민낯을 해부하던 예리한 지성을 잠시 내려놓고 이제는 인생의 저녁노을 앞에서 가장 정직하고 담백한 목소리로 독자들에게 말을 건넨다.

　《무식한 도깨비는 부적을 모른다》는 단순한 서정의 집합이 아니다. 이 시집은 인생의 정오를 지나 황혼에 이른 한 사내가 자신의 삶을 돌아보며 써 내려간 내면의 기록이며, 삶의 현장에서 길어 올린 통찰로 이루어진 인생 격언서이자 지침서다. 더 나아가 정년을 맞는 아내에게 바치는 늦은 참회록이자 말없이 곁을 지켜준 동반자에게 헌정하는 고결한 사랑의 시편이기도 하다.

"바람을 막아가며 살았던 아내"를 뒤로하고, 홀로 파도에 기대어 살아왔던 지난날에 대한 그의 고백은 개인적 참회를 넘어선다. 그것은 우리가 무심히 지나쳐 온 '가족'이라는 이름의 인륜과 의리, 그리고 책임의 무게를 다시 묻는 성찰로 확장된다. 이 시집의 서문과 곳곳에 배어 있는 이러한 고백은 독자의 가슴을 조용히 그러나 깊이 흔든다.

하전의 시는 풍류를 잃지 않으면서도 안온한 미학에 머물지 않는다. 〈노예 정신〉과 〈강도 만난 예수〉와 같은 시편에서는 주체성을 상실한 오늘의 종교와 사회를 향해 날카로운 질문과 경고를 던진다. "기적은 요행이 아니라 성실히 씨앗을 심는 삶에 있으며, 적을 만들기보다 나그네처럼 부채 의식을 품고 살아가라"라는 그의 권고는 삶의 항로를 비추는 소박하지만, 단단한 윤리로 다가온다.

이 시집은 한 시인의 고백을 넘어 인생의 길목에서 자신을 돌아보고자 하는 이들에게 건네는 조용한 동행의 손길이다. 지혜를 갈망하는 독자라면 곁에 두고 천천히 음미하며, 마음의 거울로 삼아 자신을 비추어 보아도 좋을 것이다. 하전의 독백 《무식한 도깨비는 부적을 모른다》는 읽을수록 삶의 태도와 방향을 다시 묻게 만드는 오래도록 곁에 두고 싶은 인생의 잠언과 같은 시집이다.

바다를 건너 돌아온 고백

/

우희종(서울대 명예교수)

/

박황희 교수의 문장은 이미 널리 알려져 있다. 그러나 이 시집에서 우리가 다시 확인하게 되는 것은 '잘 쓰는 문장'이 아니라 오래 돌아서 비로소 도착한 한 사람의 고백이다. 《을야의 고전 여행》을 통해 고전의 문턱을 낮추고 현재의 삶의 언어로 번역해 오던 저자가 이번에는 고전을 해석하는 대신 자기 삶을 그대로 펼쳐 보인다. 그 대상은 곁에서 함께 시간을 건너온 한 사람, 정년을 맞는 아내다.

이 시집은 바다를 떠돌던 한 남자의 귀환기이자, 침묵으로 생을 견뎌온 존재에 대한 헌사이다. 저자가 그려내는 아내는 전면에 나서지 않는다. 오히려 모든 것을 받아들이는 깊이와 흔들림 없이 자리를 지켜온 심연深淵에 가깝다. 밤하늘의 별이 빛나는 것은 어둠 덕분이듯, 삶의 표면을 떠도는 빛과 소음은 언제나 말 없는 배경 위에서 가능해진다. 도가道家에서 말하는 현玄, 혹은 창세기 이전의 형태 없는 어둠(Abyss), 모든 생명을 품는 바탕으로서의 깊이가 이 시집의 정조를 이룬다.

다만 저자의 고백에는 아직도 남자의 조급함이 묻어난다. "이제는 내가 바람을 막고 파도에 등을 내어주어야 할 때"라는 문장은 아름답지만, 사랑이란 역할을 맞바꾸는 일이기보다 끝내 함께 건너는 일에 가깝기 때문이다. 어쩌면 이 시집 이후의 시간에서도, 바다를 사랑하며 떠돌던 사내를 지켜온 이는 여전히 그 자리에 있을 것이다. 이제 필요한 것은 증명이나 결의가 아니라, 돌아와 나란히 걷는 일일지도 모른다.

이 책의 구성은 주역의 '원형이정元亨利貞'으로 삶의 궤적을 풀어낸다. 술로 시작된 원元, 자기 고백으로 흐르는 형亨, 사유와 반성의 이利, 그리고 다소 산만하지만, 인간적인 정貞에 이르기까지 한 사람의 생이 그대로 장정이 된다. 혼란스럽고 솔직하며, 그래서 더욱 인간적인 이 여정은 이제 닻을 내릴 준비를 한다.

책상을 덮으며 한 문장이 오래 남는다. "울음으로 시작한 삶이지만, 떠나는 순간만큼은 내가 웃고 세상이 나를 울어 준다면 그것이면 족하다." 이 문장이 진정한 헌사로 완성되기 위해서는 떠나는 이의 미소만큼 남겨진 이의 삶에도 웃음과 평안이 깃들어야 할 것이다. 이 시집은 그 바람을 조용히 건네는 한 권의 편지다. 늦었기에 더욱 진실한, 바다 끝에서 비로소 도착한 고백의 기록이다.

바다 끝에서
비로소 알게 된 것들

젊어서는 술과 바다만 믿었다. 잔을 기울이면 바다가 따라왔고 바다에 서면 술이 찾아왔다. 파도는 늘 기억보다 너그러웠고 술은 언제나 사람보다 더 솔직했다. 한 잔이 두 잔 되고, 두 잔이 세상을 끌어안고 흔들어 대던 밤들이 있었다. 그때는 몰랐다. 그 흔들림이 사실은 나 자신이 넘어지지 않으려 애써 버티던 몸부림이었다는 것을.

육십갑자를 넘긴 지금, 달력의 마지막 장 위에 조용히 남은 것은 그저 숱한 날들의 후회와 끝내 지워지지 않는 부끄러움뿐이다. 젊었던 날의 기세는 바람처럼 빠져나갔고, 남은 것은 고단한 몸이 아플 때마다 삶이 내게 남긴 영수증을 확인하는 버릇뿐이다. 그 영수증의 마지막 줄에는 언제나 '미안함'이라는 글자가 적혀 있다.

아내가 이제 곧 정년 퇴임을 한다. 긴 한숨처럼 들려오던 직장 이야기, 견디고 또 견뎌온 세월, 그 수많은 시간 속에 나는 도대체 어디에 있었던 것일까? 술잔의 바닥에서, 바다의 먼 수평선에서, 늘 아내의 곁이 아닌 다른 곳에서 내 고집과 외로움만 어루만지고 있었다.

생각해 보면 아내의 어깨는 단 한 번도 파도처럼 흔들린 적이 없었다. 나는 파도에 기대어 살았고 아내는 바람을 막아가며 살았다. 내가 떠날 때마다 아내는 머리칼 속에 소금기 묻은 나의 냄새를 느끼며 묵묵히 문을 닫았을 것이다. 이제 와 생각하니 그 문 닫는 소리가 내가 잃어버린 가장 큰 '경고음'이었다.

정년을 맞는 아내에게 내가 무슨 말을 건넬 수 있을까? 그저 오래 묵힌 술처럼 부드럽게 숙성된 한마디뿐이다. "그동안 미안했어, 그리고… 정말 고마웠어."

바다는 이제 예전만큼 크게 들리지 않는다. 술도 더 이상 내 고독을 달래주지 않는다. 그러나 아내는 여전히 해 질 녘 바다처럼 잔잔히 내 곁을 비춰 주고 있다. 나는 이제야 안다. 평생 사랑한 것은 바다가 아니라 바다처럼 깊었던 사람이었다는 것을. 그리고 그 사람이 오늘에서야 비로소 퇴근한다는 것을.

남은 세월은 그 사람의 빈 의자 옆에 앉아서 묵묵히 경청할 것이다. 이제는 내가 바람을 막고 파도에 등을 내어주어야 할 때다. 바다를 사랑한 사내의 인생은 결국 한 사람에게로 돌아왔다. 비록 너무 늦었지만, 인생을 스스로 성찰하며 반성하고 있다는 흔적이라도 남겨두겠다는 얄팍한 속셈과 함께 옛날 다정했던 때의 오래된 농담을 다시 건네고 싶다. 내 인생 최고의 행운과 행복은 최 여사의 남편으로 살았다는 것이다.

이 부끄러운 졸시拙詩를 반성문 삼아 그녀의 퇴임 전에 바친다.

병오년 춘삼월 상우재向友齋에서
하전霞田 박황희 삼가 쓰다.

추천사 ... 004

서문 ... 014

1부 원元

01. 고요의 자격 ... 022

02. 경계의 환상 ... 023

03. 지금의 속도 ... 024

04. 시간의 보폭 ... 026

05. 소멸의 변형 ... 028

06. 깊이의 스승 ... 029

07. 사라짐의 치유 ... 030

08. 달그림자와 술잔 ... 032

09. 혼자 마시는 술의 예의 ... 034

10. 주酒·역亦·도道 ... 036

11. 비의 숨 술의 숨 ... 038

12. 비 오는 날의 술은 조금 다르다 ... 041

13. 술이 말해준 것들 ... 043

14. 노년의 잔에 고요를 채우며 ... 046

2부 형亨

01. 실존은 본질에 우선한다 ... 052

02. 최후의 선택 ... 055

03. B와 D 사이의 C ... 056

04. 남과 여 ... 058

05. 가족과 타인 ... 060

06. 성공한 인생 ... 062

07. 아내에게 쓰는 반성문 ... 064

08. 인생 반성문 ... 066

09. 자아 성찰 ... 068

10. 최후의 진술 ... 070

11. 작별을 위한 유언 ... 072

12. 인간의 마지막 권리 ... 075

13. 미리 쓰는 유서 ... 077

3부 이利

01. 노예 정신 ... 082

02. 강도 만난 예수 ... 084

03. 용서 ... 086

04. 기억해야 할 것과 잊어야 할 것 ... 088

05. 삭제 ... 090

06. 백석과 자야 ... 092

07. 하늘은 어디서나 푸르다 ... 095

08. 혼자와 홀로의 차이 ... 098

09. 체념諦念과 포기抛棄 ... 101

10. 경험 ... 104

11. 도전 ... 105

12. 삼여도三餘圖 ... 107

13. 삼여三餘의 등불 ... 109

14. 개미와 베짱이 ... 111

15. 무식한 도깨비는 부적을 모른다 ... 113

4부 정貞

01. 양산박의 사람들 ... 120

02. 양산박 공화국 ... 122

03. 천기누설 ... 125

04. 궁窮 · 통通 · 구久 · 변變 ... 128

05. 디케의 저울과 대한민국의 저울 ... 130

06. 사랑의 경계 ... 132

07. 충언忠言과 직언直言 ... 134

08. 설검舌劍과 지탄指彈 ... 137

09. 존경하는 친구와 편안한 친구 ... 139

10. 관중과 포숙아 ... 141

11. 시절 인연 ... 143

12. 관해난수觀海難水 ... 145

13. 보고의 정석 ... 148

14. 형용 모순의 무의미 시 ... 150

15. 운명運命 ... 152

작가의 변 ... 154

1부 원元

'원元'은 만물이 시작되는 봄[春]을 의미하니,
'인仁'의 덕성을 말함이다.
"元者는 萬物之始요" - 周易

고요의 자격
경계의 환상
지금의 속도
시간의 보폭
소멸이 변형
깊이의 스승
사라짐의 치유
달그림자와 술잔
혼자 마시는 술의 예의
주酒·역亦·도道
비의 숨 술의 숨
비 오는 날의 술은 조금 다르다
술이 말해준 것들
노년의 잔에 고요를 채우며

[바다에서 배운 '시간'과 '무상'의 윤리]
1. 고요의 자격

섬은 혼자여서
고요한 것이 아니라
고요를 잃지 않아서
혼자일 수 있다.

붉어진 저녁노을은
사라짐의 순간이
가장 아름답다는
우주의 오래된 문장이다.

파도는 늘 밀려오지만
머물지 않는다.
바다는 집착하지 않고
해안海岸은 붙잡지 않는다.

모든 관계가 이와 같아야 한다.
오고 가되 상처 없이
스며들되 얽매이지 않는
방식 말이다.

2. 경계의 환상

수평선을 오래 바라보고 있으면
그 선은 오히려 사라지는 듯 보인다.
눈에 익숙해지면 형태가 흐려지기 때문이다.

그 순간 비로소 깨닫는다.
수평선이란 실제의 선이 아니라
내 마음이 그어놓은 '경계境界'였음을.

바다는 경계를 두지 않지만
우리는 경계를 만든다.
두려움도
욕망도
분별도
모두 마음이 그어놓은 상상의 선이다.

그리고 여행은
그 선을 지우는 일에 가깝다.
세상은 우리 안에서 지어지고
또 우리 안에서 흐트러진다.

3. 지금의 속도

바다는 늘 흘러가지만
그 흐름을 단 한 번도
서둘러 본 적이 없다.
빨리 가기 위해
파도를 높이지 않고
늦게 가기 위해
물결을 억누르지도 않는다.

바다는 매 순간
'지금'의 속도로만 움직인다.
시계로 '단위화單位化'가 된 시간은
인간의 발명품이지만
물결로 측정되는 시간은
우주의 질서이다.

바다 앞에 서면
우리는 속도를 잃고도
살아갈 수 있는 존재라는
사실을 깨닫게 된다.

시간은 살아가는 질서를 위해
필요한 것이지
서둘러 앞서가기 위해
필요한 것이 아니다.

4. 시간의 보폭

시간은 언제나
우리보다 느리다.

삶이 빠르게 흐르는 듯
보이는 날이 있다.
그러나 그건 시간이 빠른 것이 아니라
우리 마음이 앞서가기 때문이다.

시간은
언제나 일정한 보폭으로 흐른다.
빠른 것은
언제나 인간의 불안이고
느린 것은
늘 자연의 호흡이다.

시간을 이기려는 마음은
'고단'을 만들지만
시간을 받아들이는 마음은
'여유'를 만든다.

그러므로 여행은

시간을 이기기 위한 여정이 아니라

시간과 보폭을 맞추기 위한 훈련이다.

5. 소멸의 변형

파도는
올 때도 있지만
갈 때도 있다.
그러나 결코 사라진 것이 아니다.
파도는
단지 다른 파도의 형태로
변한 것뿐이다.

세상 모든 소멸에는
이러한 변형이 숨어 있다.
소멸은 '없어짐'이 아니라
'다른 방식의 존재'이다.

바닷물이 증발해 구름이 되고
구름이 비가 되어
다시 바다로 돌아오는 것처럼.

모든 존재의 이별은 돌아옴을 포함한다.
따라서 '무상無常'은 절망이 아니라
흐름을 유지하는 우주의 방식이다.

6. 깊이의 스승

파도는 변하지만
바다의 깊이는 그대로이고
시간은 흘러도
인생의 의미는 변함없다.
모든 것은 사라지지만
그 사라짐이 삶을 완성한다.

바다는 우리에게
시간과 무상의 이치를
한꺼번에 가르쳐주는
묵언의 스승이다.
그리고 여행은
그 스승과 대면하여
직접 배우는 짧은 '수행修行'이다.

우리는 떠난다.
그러나 떠나는 동안 어떤 것들은
우리 안에 조용히 머문다.
이 머묾이 바로 삶의 깊이이며
그 깊이는 언제나
바다에서 비롯된다.

7. 사라짐의 치유

해변의 모래 위에
발자국을 남기면
곧 파도가 와서 사라지게 한다.

이 사라짐을
인간은 쓸쓸하다고 느끼지만
자연의 입장에서
그것은 단지 균형의 회복이다.

무상無常은 잔혹함이 아니라 치유다.
사라짐이 없었다면
세상은 오래전에
상처로 덮였을 것이다.

파도는 세상의 기억을
지우는 것이 아니라
세상의 상처를
매 순간 새로 고쳐 쓰는 존재다.

우리는 흔적을 남기고 싶어 한다.

그러나 바다는 말한다.

"너는 남기지 않아도 이미 충분하다."

관계의 존재는
흔적으로 증명되는 것이 아니라
머물던 순간의 온도로 증명된다.

사라지는 것이 두려운 이유는
우리가 '남는 삶'을 꿈꾸기 때문이다.
그러나 사실은 '머물던 순간'이 더 오래 기억된다.

무상無常의 진실은 이것이다.
'남음은 순간보다 가볍고
  순간은 남음보다 깊다.'

8. 달그림자와 술잔

잔을 들면 달빛이 함께 떠오른다.
술은 입에 닿기 전 이미 마음속에 앉아 있던 말을 깨운다.
이 밤은 내가 마시는 것이 아니라
달이 나를 마신다.

첫 잔은 세상에 대한 화해이고
둘째 잔은 자신에 대한 용서이다.
취기醉氣란 술이 주는 '벌罰'이 아니라
술이 내린 '은혜恩惠'이다.
오늘만큼은 자신을 용서하는 데 인색하지 않기로 한다.

술잔을 기울일 때마다 그림자가 길어진다.
취한 건 나였는데 흔들린 건 그림자였다.
술이란 마음의 그림자를 비춰 보는 가장 오래된 거울이다.

촌스러운 잔 하나에도 위로가 담길 때가 있다.
말보다 먼저 건네지는 건 따스한 온도와 느린 향기다.
위로란 결국 함께 천천히 마시는 마음의 속도다.

술이 목으로 들어가는 동안 세상은 잠시 멈춘다.

바람도 잔의 가장자리를 따라 앉아 조용히 자리를 지킨다.
취기란 자연이 사람에게 들려주는 깊은 들숨 같은 것이다.

사람은 맑을 때보다 흔들릴 때 더 진실해진다.
술잔 끝에서야 비로소 전해지는 마음이 있다.
그래서 어떤 고백은 취기가 아니라 용기가 만들어 낸 것이다.

잔이 부딪치는 소리는 밤이 연주하는 작은 종소리다.
그 울림 속에서 마음의 먼지가 털린다.
조용한 술자리에는 사람의 소리도 또렷해진다.

혼자 마시는 술은 길 위의 작은 등불이다.
바로 앞만 비추지만 그 빛이면 충분히 걸을 수 있다.
술은 세상을 밝히지 못해도 마음을 밝히는 재주가 있다.

남은 한 모금은 아쉬움이 아니라 여백이다.
모두 비우지 않았다는 건 아직 살아 있을 내일을 남겨둔 것이다.
술은 비움의 예술을 가르쳐 준다.

9. 혼자 마시는 술의 예의

혼자 마시는 술에는 예의가 있다.
첫째, 잔을 서둘러 비우지 않을 것
둘째, 잔보다 마음을 먼저 채울 것
셋째, 취할 곳은 머리가 아니라 침묵일 것

누군가는 혼·술을 '외로움의 취미'라 하지만
나는 그 말을 이렇게 고쳐 주고 싶다.
"혼자 마시는 술은
외로움을 푸는 시간이 아니라
외로움이 어디까지가 나인지 살펴보는 시간이다."

잔을 들고 가만히 앉아 있으면
내 안의 세 사람과 마주 앉게 된다.
과거의 '나'
오늘의 '나'
그리고 아직 도착하지 않은 미래의 '나'
그 셋 중 누구와 이야기를 나눌지는
언제나 술이 결정한다.

혼자 마시는 술의 예의는

그저 자기 자신에게 귀 기울이는 일이다.
내 말에 가장 먼저 대답해 주는 사람이
언제나 나임을
잔 하나가 조용히 일러준다.

10. 주酒·역亦·도道

풍류란 세속을 떠난 산중의 도道가 아니라
술잔을 들고도 흐트러지지 않는 마음의 여백이다.
마실 줄 알고
비울 줄 알고
놓을 줄 아는 것
술은 단순한 기쁨이 아니라 작은 수행修行이다.

비 내리는 강가에 낮은 등불 하나
그 아래에서 마시는 술은 세상을 단순하게 만든다.
세상사 복잡할수록 풍류는 간결해져야 한다.

말없이 마시는 잔에는 깊은 음악이 흐른다.
풍류란 말의 수數가 아니라 감정의 온도에서 결정된다.
조용한 잔이야말로 가장 크게 공명한다.

술 한 잔에는 다섯 가지 세계가 들어 있다.
'시간'이 흐르고
'무상無常'이 스며들고
'유정有情'이 피어나고
'풍류'가 완성되고

무식한 도깨비는 부적을 모른다

마지막으로 고요한 '나'가 남는다.
한 잔의 깊이는 결국 자신의 깊이다.

기쁨이 넘치면 잔을 들어 나누고
슬픔이 차오르면 잔을 내려놓고 조용히 바라본다.
'잔을 드는 법'과 '내려놓는 법'
그 사이에 삶의 도가 있다.

물길이 다한 곳까지 걸어가 보면
작은 술잔 하나가 세상의 여백임을 깨닫는다.
모든 길이 닿는 곳에서
잔 끝의 작은 떨림이 곧 삶의 울림이다.

술은 인간의 결을 그대로 드러낸다.
시간을 품고
무상을 깨치며
유정을 밝히고
풍류를 가르친다.

사람이 술잔을 비우는 것이 아니라
술잔이 사람의 마음을 비워주는 것이다.

그 비움 속에서 우리는 더 오래 살아 있는 법을 배운다.

11. 비의 숨 술의 숨

비가 내릴 때마다
세상은 아주 느린 호흡으로 돌아간다.

잔을 들고 귀 기울이면
먼 곳에서부터 빛이 젖어 오는 소리가 난다.

한 모금은 나를 비우고
또 한 모금은 나를 채운다.
비와 술이 번갈아
내 마음의 문을 두드리는 밤.

나는 어느 쪽에도 기대지 않고
그저 흐르는 쪽에 조용히 서 있다.
멈추지 않는 빗물처럼
멈추지 않는 생각을 가만히 놓아둔다.

고요의 가장자리에서
비가 처마 끝을 따라
오래된 목탁처럼 울리고 있었다.

나는 잔을 비우기보다
내 안의 소음을 비우고자
천천히 아주 천천히 입술을 적셨다.

술은 흐름이고
비는 길이며
나는 그 중간에서
한 점의 바람처럼 머물렀다.

세상은 떠나가고
잔의 둥근 세계만 남았을 때
나는 비로소 나에게 가까워졌다.

비와 술이 서로를 잊는 동안
비는 흙으로 돌아가는 길을 알고
술은 사람의 마음으로 들어가는 길을 안다.

나는 두 길의 교차점에 앉아
아무것도 붙잡지 않고
아무것도 밀어내지 않는다.

잔을 비울 때마다
내 안의 무거운 이름들이 흩어지고

빗소리 속에서
그 이름들조차 소유가 아님을 배운다.

모든 것은 지나가고
지나가는 모든 것은 아름답다.

오늘 밤 비와 술이 서로를 잊는 동안
나는 나를 조금씩 잊어 간다.
그리고 그만큼 자유로워진다.

12. 비 오는 날의 술은 조금 다르다

비가 오는 날 술을 마시면
술은 조금 더 느리게 흐른다.
빗소리와 술은
둘 다 떨어지는 것들이기 때문이다.

빗물이 처마 끝에 머물다 톡 떨어지듯
술도 목구멍 어딘가에서 잠시 멈췄다가
천천히 스며든다.

그 잠시의 머뭇거림 속에서
우리는 오래전에 잃어버린 감정들을 다시 만나곤 한다.
비의 냄새, 젖은 흙, 질척이는 계단
그리고 우산 끝에서 떨어지는 물방울 하나
그 모든 풍경이 술 한 모금에 겹 쳐져
이야기보다 먼서 마음을 흔든다.

비 오는 날의 술이 다른 이유는
슬픔 때문이 아니다.
비는 슬픔을 흔들어 깨우는 것이 아니라
슬픔이 잠시 머물 자리를 마련해 주기 때문이다.

비가 그친 뒤에 잔은 이미 비어 있지만
마음에는 작고 투명한 웅덩이가 하나 남는다.
그 웅덩이를 밟지 않으려 조심스레 걸을 때
사람은 조금 더 부드러워지고
조금 더 따뜻해진다.

13. 술이 말해준 것들

인생의 쓴맛을 덜기 위해
술을 마시지만
결국 그 쓴맛을
잔의 바닥에서 다시 발견한다.
술은 망각의 예술이지만
인생은 기억의 연속이다.

잔을 기울이는 건
과거를 잊기 위해서가 아니라
지금을 견디기 위해서다.
결국 좋은 술은
비싼 술이 아니라
좋은 사람과 마신 술이다.

인생의 어느 지점에서
우리는 술이 즐거워 마신 것이 아니라
살아내기 위해 마셨다는 사실을 깨닫는다.
그러나 그런 술도 결국 우리를
다시 사람 곁으로 돌려놓는다.

술은 무너진 마음을
일으켜 세우는 힘은 없지만
부서진 마음을
함께 바라볼 용기를 준다.

술은 기억을 지우는 것이 아니라
기억의 우선순위를 재배열한다.
술기운이 오르면
잊고 싶은 기억은 뒤로 밀리고
말하지 못한 기억이 앞으로 달려 나온다.
인간의 무의식은
술을 하나의 정렬 알고리즘으로 사용한다.

좋은 술자리란
분위기가 좋은 자리가 아니라
'침묵이 안전한 자리'다.
침묵이 불편하지 않은 관계는
술이 필요 없고
침묵이 안전한 관계는
술을 더 깊게 만든다.
술은 결국 관계의 질을 드러내는 지표다.

술과 인생의 본질은

'잠정성暫定性'이다.
술의 취기는 잠정적이고
인생의 의미도 잠정적이다.
둘 다 영구한 것이 아님을 알기에
우리는 그 잠정성을 붙들고
순간의 빛을 길게 늘인다.

인생은 술에 취한 것이 아니라
자신의 '설명되지 않는 삶'에 취한다.

14. 노년의 잔에 고요를 채우며

노년은 느리게 오는 것이 아니라
어느 날 갑자기 찾아와 우리의 잔에 고요를 채운다.
젊을 때는 술이 시간을 녹였지만
늙어서는 시간이 술을 녹인다.

우정은 젊을 때 만난 것보다
세월이 흐른 뒤에 남아 있는 것이 더 크다.
남아 있는 이유는 화려함이 아니라
서로의 흉터를 견딜 수 있는 사람이라서다.

시간은 술보다 훨씬 냉정하다.
술은 기억을 흐리게 하지만
시간은 기억의 색을 바꿔 버린다.
바래어도 남는 기억만이 참된 우정이다.

'무상無常'은 늙어서야 진정한 의미를 지닌다.
젊을 때의 무상은 허세에 가깝지만
노년의 무상은 받아들임이다.
받아들일 때 비로소 삶의 관조가 생긴다.

우정이 깊어진다는 것은
서로의 침묵을 이해하게 되는 일이다.
말이 줄수록 우정은 깊어지며
침묵 속에서도
충분한 대화를 했다는 사실을 깨닫는다.

노년의 술은 과거를 잊기 위한 것이 아니라
과거를 고르게 바라보기 위한 것이다.
희미해진 기억을 하나씩 다시 만져보는 시간이다.

시간이 흘러도 변하지 않는 사랑은 없다.
다만 변해도 계속 유지되는 관계만이 남는다.
남은 것과 사라진 것 사이에서 우리는 성장한다.

무상함을 깨닫는 순간
인간은 비로소 술을 천천히 마시게 된다.
급히 마시는 술은 아직 삶을 덜 이해한 것이다.

노년이란
새로운 친구보다
오래된 친구를 더 찾게 되는 시간이다.
새로움이 주는 긴장보다
익숙함이 주는 평온을 더 소중히 여기게 된다.

우정은 시간이 증명한다는 말은 틀렸다.
증명하는 것은 시간이 아니라
함께 건너온 난처한 순간들이다.
좋을 때보다
힘들 때 남아 있는 사람이 결국 시간을 견딘다.

시간은 모든 것을 앗아가지만
하나 남겨주는 것이 있다.
그것은 '덜 필요한 것들'에 대한 무관심이다.
이 무관심 덕에 우리는
진짜 중요한 사람들에게 돌아갈 수 있다.

그리고
마지막 잔을 들고 이렇게 중얼거리게 된다.

'이만하면 잘 살아왔다.'

이 말은 세월 속에서
버티고
견디고
사랑했던 사람만이 할 수 있다.

2부 형亨

'형亨'은 만물이 성장하는 여름[夏]을 의미하니,
'예禮'의 덕성을 말함이다.
"亨者는 萬物之長이요" - 周易

실존은 본질에 우선한다
최후의 선택
B와 D 사이의 C
남과 여
가족과 타인
성공한 인생
아내에게 쓰는 반성문
인생 반성문
자아 성찰
최후의 진술
작별을 위한 유언
인간의 마지막 권리
미리 쓰는 유서

1. 실존은 본질에 우선한다

사람은
만들어진 틀에서 태어나는 것이 아니라
살아가는 길 위에서
자기 모양을 배운다.

정해진 본질이 먼저가 아니라
걸음이 먼저이고
걸음이 남긴 흔적이
뒤늦게 본질이 된다.

누구도
태어날 때 이미 '완성된 의미'를 가지고 오지 않는다.
우리는
'선택'으로 선을 긋고
'고통'으로 방향을 틀고
'사랑'으로 다시 자신을 수정한다.

본질은
하늘에서 주어지는 것이 아니라
살아낸 하루들이

천천히 굳어져
마침내 한 사람의 '이름'이 되는 것이다.

그래서 실존은
늘 불완전하고
그래서 더 뜨겁고
그래서 더 많은 책임을 요구한다.

내가 선택한 것이
'나'를 만들고
내가 외면한 것이
또 다른 '나'를 만든다.

오늘의 나는
우연이 아니라
내가 살아온 모든 순간의
합이다.

그러므로
두려워할 것은
'본질'이 아니라
'실존'을 이루는 일이다.

살아낸 순간 속에서
나는 비로소
나 자신이 된다.

——— 무식한 도깨비는 부적을 모른다

2. 최후의 선택

삶은 우리에게 수많은 권리를 주었으나
그중 끝에 남는 하나는
자신의 마지막을 스스로 결정할 권리이다.

고통이 더 이상 생의 증거가 아니라
존엄을 잠식하는 굴레가 될 때
퇴장은 패배가 아니라
자존을 지키는 일이며
떠남은 절망이 아니라
스스로 인간됨을 완성하는 의식이다.

존엄사는
죽음을 선택하는 일이 아니라
존엄을 잃지 않겠다는 최후의 선언이다.
인간에게 허락된 마지막 자유는
생을 어떻게 끝낼 것인지의 자유이며
그 자유가 지켜질 때
죽음조차 인간의 품위 속에 머문다.

마지막 순간을 선택하는 것은
삶을 포기하는 것이 아니라
삶의 형식을 끝까지 책임지는 일이다.

3. B와 D 사이의 C

누군가 말했다.
"인생은 B(Birth)와 D(Death) 사이의 C(Choice)이다."

그러나 어찌 C가
오직 'Choice'만이겠는가.
사람의 길은
주어지는 'Chance'
넘어서는 'Challenge'
받아들이는 'Change'가
함께 만든다.

B와 D 사이에는
수백의 C가 흐르고
그 모든 C가 모여
한 생을 완성한다.

인생은
선택 하나의 무게가 아니라
수많은 C가 지나가며 남긴
흔적의 합이다.

B와 D 사이
우리에게 허락된 시간은 짧고도 길다.
그 가운데를 걸어가는 동안
우리는 묻는다.

무엇을 선택할 것인가가 아니라
어떤 기회를 붙들고
어떤 도전을 견디며
어떤 변화 속에서
스스로가 되어갈 것인가.

C는 하나의 의미 부호가 아니다.
그것은
한 사람을 한 사람 되게 하는
끝없는 과정이다.

4. 남과 여

남자에게
'욕망의 대상'은
언제나 대체 가능하고
교환 가능한 그림자에 지나지 않는다.

그러나 여자는
그 남자의 욕망을
지배하기 위해서가 아니라
그 안에서 자신을 증명하기 위해
스스로 욕망의 대상이 된다.

서로를 바라보는 두 시선은
다른 깊이에서 출발하지만
끝내 한 지점에서 겹친다.
사랑이라는 이름의
달콤한 허기

'사랑의 욕망'이
얼마나 쉽게 환상이 되는지를
아프게 수긍하는 순간

우리는 깨닫는다.

진짜 사랑은
소유가 아니라
상대의 자유를 감당하는 용기이며
무엇을 얻기보다
무엇도 버릴 줄 아는
더 큰 마음이라는 걸

남과 여는
서로의 욕망을 통과해
더 높은 사랑으로 건너간다.
거울 속의 환상이 아니라
두려움 너머에서 만나는
한 사람의 진심으로

5. 가족과 타인

부모와 자식은
천륜이다.
처음부터 가족이다.
헤어진다고
남이 될 수 없는 사이다.

그러나
나를 낳아 준 아버지와 어머니가
서로에게 처음부터
가족이었던 것은 아니다.

지금 나와 살고 있는 아내도
처음부터 가족이 아니었다.
모르는 타인이었고
스쳐 지나가던 많은 사람 중에
한 사람이었다.

남자와 여자는
천륜이 아닌 인륜이다.
이성의 결합[異性之合]이자

의리의 결합[義理之合]이다.
헤어지면
남이 되는 사이다.

남자와 여자는
모르는 타인으로 만나
가족이 된다.
그 만남은
'애정'으로 시작되어
마침내 '의리'로 완성된다.

6. 성공한 인생

사람들은 말한다.

성공한 남자란
여자가 쓸 수 있는 돈보다
조금 더 많이
조금 더 빨리
세상을 벌어오는 사람이라고

성공한 여자란
그런 남자를 발견해
운명인 듯 걸음을 맞추고
마침내 함께 건너갈
여정을 택한 사람이라고

그러나 나는 안다.
이 오래된 정의 속에는
보이지 않는 진실이 숨어 있다는 것을

성공한 남자는
지갑보다 마음이 먼저 열리고

성공한 여자는
눈앞의 풍요보다
함께 견딜 빈자리의 무게를
더 깊이 느낄 줄 아는 사람이다.

결국 성공이란
누가 더 많이 가지고
누가 더 먼저 발견했느냐의 문제가 아니라

서로의 결핍을
서로의 방식으로
기꺼이 채워주려는
두 사람의 무모한 용기이며

인생이라는 멀고 험한 길을
끝까지 나란히 걷겠다는
아주 단단한 약속이다.

성공한 인생은
화려한 액수의 보증수표가 아니라
손을 잡은 두 사람의
잦은 흔들림을
끝내 놓지 않는 마음에서 시작된다.

7. 아내에게 쓰는 반성문

아내는
나를 만나 상처 난 인생이 되었고
나는
아내를 만나 철없는 인생이 되었다.

어머니는
나를 낳아 주셨지만
아내는
오늘의 나를 존재하게 한 사람이다.

나의 무심함은 당신의 상처가 되었고
나의 철없음은 당신의 짐이 되었다.

당신의 상처는
내가 빚은 빛이고
당신의 삶은
내가 써 내려간 책이며
당신의 하루는
내가 다시 배워야 할 기도이다.

이제야 알았다.
사랑은
그저 오래 버티는 일이 아니라
한 사람을
다치지 않게 지어가는 일임을.

오늘의 나는
당신이 만들었지만
내일의 나는
당신을 위해 다시 쓰겠다.

8. 인생 반성문

육십갑자를 넘게 살며
마음으로라도
미워하지 않고
생각으로라도
탐욕을 부리지 않은 날이
며칠이나 있었던가?

이순의 나이가 지나도록
속으로라도
죄짓지 아니하고
남모르게 선을 행한 적이
몇 번이나 있었던가?

입술로는 의義를 말했어도
'정의를 외면한 죄'가 있었고
때로 눈을 감고
'불의를 방조한 죄'도 있었으며
할 수 있었던 선을
'행하지 않은 죄'는
세월보다 더 길게

내 그림자를 끌고 다녔다.

오늘
내가 쓰는 이 반성문은
누구에게 보내는 편지가 아니라
내 마음의 재판정에서
나에게 내리는 판결문이다.

인생의 날이 몇 날인지 알 수 없지만
마음으로 죄짓지 않고
생각으로도 탐욕을 버리며
행할 수 있는 작은 선 하나라도
남모르게 실천하며 살아야지

이 반성문은
후회가 아니라
남은 생을 바로 세우기 위한
나의 늦은 맹세이다.

그리고
마지막 구절은 생략한다.

9. 자아 성찰

거울 속 나는
사람들이 붙여준 이름과 표정으로
조용히 굳어가고 있었다.

상相에 비친 나는
습관처럼 남의 시선을 입고
마치 내가 아닌 누군가를
연기하듯 살아왔다.

그러나 침묵의 가장 깊은 바닥
아무도 바라보지 않는 그곳에서
한 점의 빛이 스스로 자신을 말했다.

"이미지로 왜곡된 너는
너의 그림자일 뿐
본래의 너는
그 어떤 평가도 필요하지 않다."

나는 천천히 껍질을 벗었다.
남이 준 얼굴을 벗고

세상이 만들어 준 목소리를 벗고
기억의 먼지까지 털어내자

마침내 또렷한 숨 하나가
가장 순정한 '나'로 서 있었다.

그때 알았다.

나를 찾는 일은
새로운 옷을 찾는 길이 아니라
이미 입고 있던 모든 허상을
하나씩 내려놓는 길이라는 것을

그렇게
본래의 나는
언제나 그 자리에서
나를 기다리고 있었다.

10. 최후의 진술

나는 이제
더 말할 것이 없어
말해야 할 것만 남았다.

침묵으로 감춘 날들은
오늘에 이르러
모두 밝아진다.
진실은 늦게 오는 법이지만
한 번 오면
뒤돌아가지 않는다.

나는 나의 잘못을
운명 탓으로 돌리지 않는다.
사람은 누구나
자신의 그림자를 거느리고 살아가며
오늘 나는 그 그림자의 모양까지
책임지려 한다.

최후의 진술이란
변명이 아니라

마지막으로 지키고 싶은
한 조각의 인간다움이다.

그러니 나는 담담히 말한다.
"나는 내 삶을 이렇게 살았고
그 삶의 무게를
지금 이 자리에서 받아들인다."

그리고 한 줄 덧붙인다.
모든 판단은
이제 나를 떠나
세상의 손에 맡겨졌다고

내 마지막 말은
억지로 남기는 유언이 아니라
자신에게 건네는 작은 작별

더 숨길 것도, 더 꾸밀 것도 없는
나의 진짜 얼굴을
이제야 비로소 드러내는 일이다.

11. 작별을 위한 유언

나는 이제
세상과 마지막 악수를 나누려 한다.
그 악수는 화해도, 승리도 아니고
다만 오래 머물렀던 집을
조용히 정리하는 손짓일 뿐이다.

내가 남기고 싶은 유언은
화려한 말이 아니다.
살아온 날들을 부풀려 적을 필요도
겸손하게 축소할 이유도 없다.
그저 사실 그대로
기쁨은 짧았고
슬픔은 길었으며
그러나 둘 다
나를 살아 있게 했다는 것.

나는 인생에게 배웠다.
사람은 빛을 좇다가
그늘에서 자신을 발견한다는 것을
웃음은 타인의 어깨에서 피어나고

눈물은 언제나
홀로 견뎌야 한다는 것을

이제 나는
모든 빚을 탕감받고 싶다.
용서하지 못한 이들에도
나를 용서하지 못한 내 마음에도
유언 한 줄로 모든 것을 정리할 수는 없겠지만
마지막 순간의 평화만큼은
내 스스로 허락해 주고 싶다.

세상이여
너는 나를 키우기도 하고
부수기도 했다.
그러나 그 모든 상처 속에서
마침내 나는
내 이름을 조금 더 정확히 발음할 수 있게 되었다.

내가 떠난 뒤에도
나의 말들은 바람 뒤에 남아
누군가의 귓가에 닿을 것이다.
그 말은 이것 하나면 충분하다.

"살아 있는 동안
부디 자신을 너무 늦게 발견하지 말라."

이것이 나의 유언이며
나의 작별이다.

12. 인간의 마지막 권리

노년의 몸은
하루에 한 번씩 나를 떠났다.
기억은 바람의 먼지처럼 흩어지고
숨은 내 것이 아닌 듯 낯설어졌다.

그때 비로소 나는 알았다.
삶이란 붙잡는 것이 아니라
놓아줄 때 완성되는 것이며
죽음이란 패배가 아니라
스스로 문을 닫는 '마지막 권리'라는 것을

누구도 대신 걸어줄 수 없는 길
누구도 강제로 붙잡아 둘 수 없는 손.
존엄은 끝의 모양이 아니라
끝을 스스로 선택할 때 깜빡이며 켜지는 불빛이다.

나는 이제
두려움보다 평온을
'연명延命'보다 '귀환歸還'을 택할 것이다.
살아온 나를 해치지 않기 위해

남은 나를 더 이상 고문하지 않기 위해

사람이란
살아 있을 때도 '선택'으로 증명되지만
떠날 때는 더 깊이 자유로워진다.
마지막 순간의 자유
그것이 인간이 끝말처럼 간직해야 할
가장 오래된 권리다.

13. 미리 쓰는 유서

아직 숨은 따뜻하고
심장은 성급하게 일을 하고 있지만
나는 오늘
죽을 준비가 아니라
살아온 흔적을 정리하려
이 글을 쓴다.

사랑은 빚처럼 적어 두지 않기로 한다.
이미 준 것들은
되돌리려 하지 않겠다.

미안함은 짧게 남긴다.
너무 길면
살아 있는 자의 발목을 잡기 때문이다.

원망은 이름을 지우고
침묵으로 대신한다.
침묵은 가장 정확한 해명이다.

내 몫의 실패는

아무에게도 상속하지 말라.
그것은 내가 살았다는 증거이므로

용서해 달라는 말 대신
기억해 달라는 말도 남기지 않겠다.
사람은 기억 속에서
두 번 죽기 때문이다.

남겨둘 것은 많지 않다.
책갈피에 접힌 사유 몇 줄
다 쓰지 못한 다짐 하나
그리고
끝내 증명하지 않아도 괜찮았다는
뒤늦은 깨달음.

죽음이 두렵지 않은 것은
잘 살았기 때문이 아니라
이제야 알게 되었기 때문이다.
소유하지 않아도
사랑할 수 있었고
이기지 않아도
존엄할 수 있었다는 것을.

이 유서는
죽기 위해 쓰는 것이 아니라
아직 남은 하루를
허투루 쓰지 않겠다는
서약이다.

만일 이 글이
누군가의 손에 쥐어진다면
나는 이미
조금 더 나은 사람으로
오늘을 살다 간 것이다.

3부 이利

'이利'는 만물이 이루어지는 가을[秋]을 의미하니,
'의義'의 덕성을 말함이다.
"利者는 萬物之遂요" - 周易

노예 정신
강도 만난 예수
용서
기억해야 할 것과 잊어야 할 것
삭제
백석과 자야
하늘은 어디서나 푸르다
혼자와 홀로의 차이
체념諦念과 포기抛棄
경험
· 도전
삼여도三餘圖
삼여三餘의 등불
개미와 베짱이
무식한 도깨비는 부적을 모른다.

1. 노예 정신

바람은 스스로 길을 만들지만
우리는 늘 남이 그어준 길부터 찾는다.

이 땅에 부처가 오면
삶을 건너온 부처가 아니라
삶이 삭제된
부처의 체제가 된다.

이 땅에 공자가 오면
사람을 가르친 공자가 아니라
사람을 재단하는
공자의 규율이 된다.

이 땅에 예수가 오면
이웃으로 온 예수가 아니라
이웃을 가르는
십자가의 권력이 된다.

어찌하여
들어온 모든 이름이

우리를 비추는 거울이 되지 못하고
우리가 그 이름을 떠받치는 기둥이 되는가.

받들 줄은 알되
가질 줄을 모르고
모실 줄은 알되
스스로 서는 법은 잊었다.

이것도 정신이라면 정신이고
이것도 버릇이라면 버릇이지만
끝내 남의 뜻을 중심에 두는
'노예의 정신'이다.

뜻은 밖에서 오는 것이 아니라
안에서 일어나는 것이다.
들여온 가르침도
내 삶 위에서 다시 살아나야 한다.

그날이 오기 전에는
우리는 여전히
주체가 아니라
누군가의 그늘에 기거하는
'손님'일 뿐이다.

2. 강도 만난 예수

예수는 '다시' 예루살렘이 아니라
서울의 한복판에서
강도에게 맞아 쓰러져 있었다.

낡은 외투는 찢겨 나가고
신발은 분실된 지 오래였지만
그보다 더 크게 도둑맞은 것은
그의 말, 그의 마음, 그의 길이었다.

지나가던 사람들은
십자가 모양의 간판 불빛 아래서
그를 힐끗 바라보며 말했다.
"우리는 주일이라 바쁘네,
설교 준비도 해야 하고,
헌금 결산도 해야 하니까."

누군가는 '회개'를 말했으나
정작 회개해야 할 방향을 몰랐고
누군가는 '사랑'을 외쳤으나
사랑이 실제로 닿아야 할 곳을 외면했다.

예수의 상처는
십자가의 못 자국이 아니라
'진리를 상품화'하려는 사람들에 의한
탐욕의 멍 자국이었다.

예수는 조용히 그들을 바라보며 말했다.
"내가 강도를 만난 것이 아니라
너희가 나를 버린 것이다."

그제야 골목 끝에서
어느 작은 소년이 다가와
손수건 하나를 내밀었다.
그는 신학을 배운 적도
교회를 다닌 적도 없었지만
이것 하나는 알고 있었다.

사랑은 설교에서 나오는 것이 아니라
길바닥에서 시작된다는 것을

그 손에 기대어
예수는 다시 일어섰다.
한국 교회가 잃어버린 것을
저 작은 손이 대신 들고 있었다.

3. 용서

용서란
기억을 지우는 것이 아니라
고통을 덜어내는 것이다.

나는
남아 있는 상처의 자국을
억지로 문질러 없애지 않고
그저 바람이 스치듯
가볍게 어루만져 주기로 했다.

한때는 숨만 쉬어도
저릿하게 번지던 그 순간이
오늘은 조금 덜 아파
내 안에서 흔들리지 않는다.

기억은 여전히 머물지만
그 무게가 나를 짓누르지 않을 때
나는 알았다.

용서란 잊음이 아니라
다시 살아갈 수 있도록
나 자신을 풀어주는 일임을

4. 기억해야 할 것과 잊어야 할 것

내가 남에게 공덕을 베풀었다면
기억해서는 안 되지만
잘못을 저질렀다면
반드시 기억해야만 한다.

남이 나에게 은혜를 베풀었다면
잊어서는 안 되지만
원망스럽게 했다면
반드시 잊어야만 한다.

은혜는 바위에 새기고
원수는 강물에 새겨야 한다.
그러나 종종
은혜는 강물에 새기고
원수는 바위에 새겨서
은혜는 못 갚을지라도
원수는 기어이 갚겠다는 사람들을 본다.
빗나간 인생들이다.

인생의 참된 행복은

신세를 잊지 않고 '은혜'를 갚는 데 있고
인생의 가장 큰 비극은
내 손으로 기어이 '원수'를 갚는 데 있다.

원수를 갚는 일은
결코 내 몫이 되어서는 안 된다.
그것은 반드시
'신'이나 '운명'에 맡겨야만 할 일이다.

5. 삭제削除

지우는 일은
없애는 일이 아니라
남겨 두지 않는 일이다.

한 줄의 문장을 지울 때
나는 그 문장에 묻어 있던
망설임과 후회를 함께 덜어낸다.
삭제는 칼날이 아니라
나를 가볍게 하는 바람이었다.

기억도 그러하다.
떠나간 이의 그림자를 지우려
수없이 마음을 덧칠했지만
지워지는 것은 그림자가 아니라
그림자를 붙잡던
나의 집착이었다.

삭제당한 날들이
사라진 것이 아니라
의미를 벗어 놓고

고요의 서랍에 들어간 것처럼
지움은 상실이 아니라
새로 쓰기 위한 공간이었다.

나는 오늘도
오래 머물던 생각 몇 개를 지운다.
미련의 문장을 지우고
두려움의 단어를 지우며
마침내 마음 한구석의 빈칸에
숨을 들여놓는다.

'삭제削除'란
나를 없애는 일이 아니라
나에게 다시 길을 내어 주는 일.
그렇게 지워진 자리에서야
비로소
무언가가 조용히 시작된다.

6. 백석과 자야子夜

대원각 골목에
바람이 한 줄기 지나가면
그 바람 속엔 아직도
'그 사람'의 목소리가 남아 있다.

자야는 입버릇처럼 말했다.
한 사람을 잊는데
평생도 모자랄 때가 있다고.

밤의 이름을 가진 그녀 '자야子夜'는
백석의 시 한 줄을
평생의 등불처럼 품었다.

대원각이라 불리던 그 큰 저택을
그녀는 홀연히 내어놓았다.
길상사가 되기까지
천억의 재산이 떠났지만
그녀의 마음은 조금도 줄지 않았다.

어느 기자가 물었다.

"아깝지 않습니까? 전 재산인데요."
자야는 미소도 없이 말했다.

"천억 재산이
백석 그 사람의 시 한 줄만 못해요."

사랑이 때로는
이별보다 더 큰 고행이 되고
그 고행이
인연보다 더 깊은 거대한 무늬를 남긴다.

길상사 마당에 앉아
석등에 불이 켜질 무렵이면
그녀의 말이 다시 살아난다.

한 줄의 시가
한 사람의 생을 바꾸고
한 사람의 생이
하나의 사찰이 되어 남는다.

'백석'과 '자야'
그들의 사랑은 결국
맺지 못한 인연이 아니라

세상에 남겨진
가장 아름다운 '시'이다.

霞田 拜拜

7. 하늘은 어디서나 푸르다

행운은
파랑새의 그림자를 닮았으나
아무 이유 없이
우리 집 마당에 내려앉지 않는다.

행복 또한
하늘에서 떨어지는 보석이 아니라
스스로 길을 내어
그 빛을 맞이하는 이에게만
은근히 모습을 드러낸다.

행복은
갖지 못한 것을 좇는 욕망이 아니라
이미 손에 쥐고 있던 것을
늦게나마 알아보는 눈이며
뜻대로 되지 않는 일에
마음을 허비하지 않는
온유한 지혜다.

세상의 모든 짐승은

조용히 태어나지만
오직 인간만이
울음으로 첫 숨을 연다.
그러나 마지막 순간에는
웃을 수 있는 길을 찾아야
비로소 삶의 문을
잘 닫은 것이다.

인생은
어디서 출발했는지가 아니라
어디에 닿아 멈추는가로
그 빛깔이 결정된다.

울음으로 시작한 삶이지만
떠나는 순간만큼은
내가 웃고
세상이 나를 울어 준다면
그것이면 족하다.

살아오는 동안
편안한 날은 단 하루도 없었다.
그러나 무화과나무처럼
메마른 땅에서도

자신을 축복하며 자라나는
질긴 생명력이 있었다.

광풍이 몰아치는 세상에서
나는 오늘도
만 리의 파도를 가르며 나아간다.
험한 바람조차
나를 꺾지 못하고
오히려 나를 멀리 보내는
푸른 돛이 되리라.

이제 나는 안다.
하늘은
어디서나
언제나
푸르다는 것을

8. 혼자와 홀로의 차이

'혼자'는
다른 사람과 어울리지 않고
자기만 있는 상태를 뜻하는 명사이고
'홀로'는
자기 혼자서만이라는 의미의 부사이다.

혼자 있음이
'타인과의 관계'를 기준으로 한 상태라면
홀로 있음은
'나 자신과의 관계'를 기준으로 한 상태다.

혼자라는 것은
'외로움'과 닿아 있고
홀로라는 것은
'고독'과 연결된다.

혼자 있으면
누군가를 필요로 하는 외로움이 생기지만
홀로 있으면
존재의 본질을 헤아리는 고독이 찾아온다.

'혼자라는 외로움'이
사회적 관계 속에서 형성되는 것이라면
'홀로라는 고독'은
인간의 실존적 성찰 속에서 형성된다.

혼자와 홀로의 차이는
결국 '선택'에 있다.
혼자는
타인의 선택에서 비롯되기도 하지만
홀로는
스스로 선택한 고요에서 비롯된다.

그러므로
혼자 있을 때는 외롭지만
홀로 있을 때는
고독할지언정 외롭지 않다.

혼자가 '이기적'이라면
홀로는 '이타적'이다.
혼자 먹으면
이기적인 일에 지나지 않지만
홀로라도 해야 하는 일이라면
그것은 이타적인 일이 된다.

혼자 있으면
대개 남을 관찰하지만
홀로 있으면
언제든 자신을 성찰할 수 있다.

——— 무식한 도깨비는 부적을 모른다

9. 체념諦念과 포기抛棄

체념이란
세상을 향해 등을 돌리는 일이 아니라
내 마음 깊은 곳에서
조용히 문을 닫는 일이다.
희망을 버리는 것이 아니라
희망이 머물 수 있는
자리의 크기를 다시 재어보는 일이다.

포기는
마음이 아니라 몸이 먼저 지쳐
자신을 바깥으로 밀어내는 행위다.
손에 쥔 목적을 놓치고
자신을 먼지처럼 흩어버리는 일이다.
바람이 조금만 불어도
사라지는 쪽으로 기울어지는 일이다.

체념의 '체諦'와 '념念'에는
'살피고, 염려하고 이치를 깨닫는'
고요한 등불이 서 있다.
그 등불 아래에서 인간은

자신의 욕망을 가만히 내려놓는다.
도리에 어긋난 꿈이라면
붙잡지 않는 것이
오히려 더 깊은 결단임을 알기에

포기의 '포抛'와 '기棄'는
던지고 내버리는 몸짓이다.
능력의 끝이 닿는 지점에서
더는 발 디딜 수 없을 때
우리는 목적을 먼저 버리고
그다음 자신을 버린다.

체념은
나를 주어로 세워
자기의 내면을 판단하는 일이고
포기는
나를 목적어로 밀어
상황 속에 휩쓸려 의지를 저버리는 일이다.

체념은
욕망을 비우는 행위이고
포기는
목적을 잃는 행위다.

그러므로 포기는
노력 없이 누구나 할 수 있지만
체념은
수양의 고요를 견딜 수 있는
인내의 사람만이 닿을 수 있다.

욕망을 덜어내고 싶다면
먼저 자신에게 물어야 한다.
"지금 내려놓으려는 것은
정말 체념해야 할 것인가?
아니면
끝내 포기해서는 안 될 것인가?"

그 첫걸음은 반드시
이 조용한 구별에서부터 시작된다.

10. 경험經驗

넘어져 본 자만이
일어날 수 있는 법을 배우고
둥지 밖으로 밀려나 본 새만이
하늘을 날 수 있다.

경험하지 않으면
알 수가 없고 배울 수조차 없다.
비록 그것이 실패한 경험일지라도
나를 만드는 밑거름이 될 것이다.

실패는 넘어지지 않는 것이 아니라
일어나지 않는 것이다.

많이 넘어져 본 사람일수록
쉽게 일어난다.
넘어지지 않으려는 법만 배우면
정작 일어서는 방법은 모르게 된다.

11. 도전

길은
처음부터 열려 있지 않았다.
누군가의 발끝이
두려움을 밀어낸 자리에서
비로소 한 걸음이 태어났다.

도전이란
산을 옮기는 일이 아니라
흔들리는 마음 한 조각을
앞으로 던지는 일.

넘어진 자리마다
자국이 깊어질수록
나는 알게 되었다.
무너짐도 쌓이면
다시 일어서는 힘이 된다는 것을.

오늘의 내가
아직 닿지 못한 미래를
두려워하지 않은 이유는

정답을 아는 것이 아니라
다시 걸어갈
'다음'의 발을
이미 품고 있기 때문이다.

무식한 도깨비는 부적을 모른다

12. 삼여도三餘圖

물고기 세 마리가
유유히 헤엄치는 동양화가 있다.
'삼여도三餘圖'라는 것인데
여기에서 삼三이란
뜻밖에도
독서하기 좋은 세 시기를 뜻한다.
삼국지三國志 위서魏書의 주석인
〈위략魏略〉에 나오는 이야기다.

어떤 사람이
홍농군弘農郡의 공조功曹로 있던
동우董遇에게
시간이 없어서 독서를 못 한다고 말하자
동우는 '세 가지 여餘'만 있으면
독서할 수 있다고 했다.

혹자가 '삼여三餘'가 무엇이냐고 묻자
동우가 답하기를
동자冬者는 세지여歲之餘요
야자夜者는 일지여日之餘며

음우자陰雨者는 시지여時之餘라

즉,

겨울은 한 해의 남는 때이고

밤은 하루의 남는 때이며

비 오는 날은 일상의 남는 때이다.

라고 하였다.

'삼여도三餘圖'는

세 마리 물고기처럼

유유자적하게 놀라는 뜻이 아니라

잠시의 틈만 있어도

공부하라는 뜻의 '권학도勸學圖'이다.

여적餘滴 :

'삼여三餘'와 '삼어三魚'의 중국어 발음은 '싼위'로 동음이다.

무식한 도깨비는 부적을 모른다

13. 삼여三餘의 등불

겨울은
한 해가 남겨 준 조용한 방이고
밤은
하루가 흘리고 간 깊은 우물이며
비 내리는 날은
시간이 잠시 멈춰 서는 쉼표이다.

동우가 말했지
"이 세 가지 남는 때가
학문의 문을 여는 열쇠다."

나는 그의 말속에서
낡은 등불 하나를 보았다.
누구에게나 있었지만
누구에게도 보이지 않던 불빛.

겨울의 숨
밤의 고요
비의 묵음默音

그 속에서 펴는 책 한 권이
하루를 바꾸고
일생을 바꾼다.

14. 개미와 베짱이

여름의 가장 뜨거운 자리에서
개미는 묵묵히 흙길을 오르내리며
땀 한 방울까지 미래로 저축했고
베짱이는 나뭇잎 그늘 위에서
바람과 햇살을 악보 삼아
하루에 한 소절씩 노래를 빚어냈다.

계절은 공평해 보였으나
운명은 언제나
다른 모양의 문으로 찾아왔다.

가을 홍수가 덮쳐
개미의 창고는 순식간에 물속으로 기울고
그가 쌓아 올린 성실의 무게는
물살에 휩쓸려 흔적조차 남기지 못했다.

반면 베짱이는
가벼운 장난처럼 남겼던 단 한 곡이
파도에도 지워지지 않는 이름이 되어
음원 수입으로 재탄생했고

저작권이라는 긴 그림자를 드리워
그의 아이들까지
비에 젖지 않는 삶을 누리게 했다.

그제야 나는 뒤늦게 깨달았다.
삶은 언제나
노력의 양과 보상의 무게를
정확히 맞추어 주지 않는다는 것을

그리고 우리가 믿어온
'성실'이라는 단어도
때로는
운명이라는 강물 앞에서
얼마나 가벼워질 수 있는지를

15. 무식한 도깨비는 부적을 모른다

기적이란
물 위를 걷는 일이 아니라
오늘도 땅을 딛는 일이다.
병상에 몸을 눕혀본 자만이 안다.
숟가락 하나를 들어 올리는
그 미세한 힘이
얼마나 오래 우주를 건넌 것인지

기적이란
죽은 자가 돌아오는 일이 아니라
이미 죽었어야 할 자가
여기, 숨 쉬고 있다는 사실이다.
경기에는 인저리 타임이 있지만
그 시간의 문을 여닫는 손은
선수도 감독도 아닌
이름 없는 심판의 호루라기일 뿐.

기적이란
행운과 마주치는 일이 아니라
불행을 스쳐 지나가는 일이다.
잠든 사이에도 죽음은 오고

길 한복판에서도 생은 멈춘다.
인간은
뜻대로만 살 수 없도록
정교하고 연약하게 만들어진 존재.

만고불변의 법칙은
기도가 아니라 씨앗이다.
콩을 심으면 콩이 자라고
팥을 심으면 팥이 붉어진다.
복을 빌지 않아도
선은 선으로 돌아오고
악은 반드시
자기 그림자를 데리고 귀환한다.

적을 만들지 말라.
살다 보면 미운 얼굴이 없을 수 없으나
그 얼굴을 적이라 부르는 순간
삶은 자동으로
전선에 편입되고 만다.

주장하지 말라.
평생 길을 양보해도
백 보를 잃지 않고
평생 밭두렁을 내준다 한들

한 마지기도 줄지 않는다.
인생은
빼앗겨서 가난해지는 것이 아니라
붙들어서 무거워진다.

선악을 재단하지 말라.
시비를 가를 눈은 있어도
돌을 던질 손은 내 것이 아니다.
무시해도 될 사람도 없지만
비난해도 괜찮은 영혼도
이 땅에 없다.

운명을 개척하려 애쓰지 말고
역사를 뒤엎으려 몸부림치지 말라.
자기 몫의 그릇을 알고
꾸밈없이 채워 사는 것
그것이
운명을 지키는 가장 단단한 방식이다.

높이 멀리 나는 삶이
눈부시긴 하지만
모든 날개가 독수리일 필요는 없다.
참새도 날고
나비도 난다.

존재는
자기 높이에서 가장 빛난다.

나그네로 살라.
이 땅에 영구 소유권은 없다.
모든 것은 잠시 빌려 쓰는 풍경
내 것이라 부를 수 있는 것은
이름 석 자뿐인데
그 이름조차
내가 지은 것이 아니니
내겐 저작권이 없다.

부채 의식을 품고 살라.
태어나는 순간부터
우리는 빚진 채로 출발한다.
소풍 나온 아이처럼
세상의 경이를 바라보되
언제든 돌려줄 준비가 된
사람의 마음으로
감당할 수 없는 은혜를
품에 안은 채
나그네처럼
조용히 다녀가는 것
그것이 인생이다.

4부 정貞

'정貞'은 만물이 완성되는 겨울[冬]을 의미하니,
'지智'의 덕성을 말함이다.
"貞者는 萬物之成이라" - 周易

양산박의 사람들
양산박 공화국
천기누설
궁窮·통通·구久·변變
디케의 저울과 대한민국의 저울
사랑의 경계
충언忠言과 직언直言
설검舌劍과 지탄指彈
존경하는 친구와 편안한 친구
관중과 포숙아
시절 인연
관해난수觀海難水
보고의 정석
형용 모순의 무의미 시
운명運命

1. 양산박 사람들

광야 끝에 바람이 서늘해지면
양산박 사내들이 술을 들었다.
가난보다 의리가 먼저였고
목숨보다 우정이 앞섰다.
세상은 그들을 '도적'이라 불렀으나
그들 스스로는 하늘의 울분을 대신하는 칼이었다.

홍수처럼 몰아치는 부정의 시대에
그들은 갈 곳 잃은 정의를 모아
작은 방패 하나로 나라의 어둠을 버렸다.
이름 없는 자의 억울한 죽음 앞에서 울었고
힘없는 자의 작은 한숨에도 칼이 떨렸다.

양산박의 밤은 늘 짧았고
의로운 분노는 늘 길었다.
살아서 함께 했고
죽어서도 흩어지지 않겠다는 맹세는
세월이 흐른 뒤에도
바람 속에서 쇳소리처럼 울린다.

우리도 안다.
세상은 바뀌었으나
정의가 외로운 시대는 여전하고
또 다른 양산박이 어디선가 태어난다는 것을

바람이 산을 넘을 때
저 멀리 들려오는 함성
그것은 사라진 사내들의 외침이 아니라
지금 우리의 가슴에서 일어나는
작은 양산박의 두근거림이다.

2. 양산박 공화국

강은 말이 없으나
불의한 세상이 흐르는 소리는
끝내 못 견뎠다.
그래서 강가의 숲은
스스로 깃발을 올렸다.
그 이름 '양산박 공화국'

여기에는 왕도 없고
황제도 없고
권세의 문장도 없다.
다만
부당함을 향해 칼을 드는 자와
그 칼의 무게를 함께 받쳐 주는
사내들의 숨결만 있을 뿐이다.

도적이라 불렸으나
이곳의 법도는
세상의 법보다 더 곧았다.
의리가 헌법이었고
한 끼의 밥이

조약보다 강했으며
등을 맡기는 순간
피보다 진한 국적이 부여됐다.

밤이면
횃불 하나가 산허리를 따라 켜지고
그 불빛 아래
서른여덟의 호걸이
서로의 흉터를 들여다보며
하나의 나라를 세웠다.

그 나라의 국경은
지도 위에 그려지지 않았고
오직
베어진 억울함마다
새롭게 확장되었다.

양산박 공화국이란
무력의 천하가 아니라
세상의 구부러진 곳을 펴려다
끝내 자신마저 굽혀버린 이들의
비장한 이상 국가

다시 묻는다
오늘 우리의 마음에
그 공화국은 남아 있는가?
부당함이 강물처럼 흘러도
칼을 드는 이 적고
등을 맡기는 이 적은 시대에
우리는 여전히 양산박을 말할 자격이 있는가?

그럼에도 밤이 깊어지면
숲 어딘가에서
매운바람이 칼집을 스치는 소리
그것이야말로
양산박 공화국의 국풍이다.

언제든
분노가 정의로 피어오르는 자리에
그 나라의 깃발은
다시, 조용히 펄럭인다.

3. 천기누설 天機泄漏

하늘은 언제나
모든 것을 알고 있었으나
아무 말도 하지 않았다.
비밀이 오래 사는 곳은
늘 높은 곳이기 때문이다.

사람들은
미래를 묻고, 길흉을 따지고
하늘의 주머니에서
한 줌의 진실이라도 얻으려 했지만
하늘은 늘 침묵으로만
그들의 갈증을 비워냈다.

그러나 어느 날
구름 사이를 찢고 흘러내린
작은 빛 한 줄기에
나는 알았다.
하늘이 비밀을 말한 것이 아니라
내가 들을 준비가 된 것임을

천기누설이란

하늘의 실수로 흘러내린 말이 아니라
내 마음이 잠깐
투명해진 순간에
우연처럼 스며드는 '깨달음'이었다.

나는
그 비밀을 누구에게도 말하지 않는다.
말하는 순간
그것은 하늘의 말이 아니라
나의 욕망이 되어버리기 때문이다.

'천기天機'는 새어 나오는 것이 아니라
잠시 나에게 들렀다 사라지는 바람이며
'누설泄漏'은 범죄가 아니라
무릇 알아버린 자의 고독이다.

하늘은 모든 것을 알고 있으나
오직 때가 무르익을 때만
한 점의 빛으로 세상에 전한다.

나는 오늘도 묻지 않는다.
하늘이 말할 때까지
혹은 내가 들을 수 있을 만큼
고요해질 때까지

4. 궁窮 · 통通 · 구久 · 변變

세상이 막히던 때마다
사람들은 그것을 '궁窮'이라 불렀다.
길은 끊기고, 뜻은 막히고
작은 방 한 칸이 천하보다 좁게 느껴지던 시절.
그러나 역사는 안다.
궁함은 끝이 아니라 뿌리 깊이 파고드는 시간임을

막힌 뒤에야 터지는 순간이 있으니
그것을 '통通'이라 했다.
한 생각이 트이고, 한 걸음이 이어지며
물길이 돌 듯, 사람도 방향을 바꾼다.
통함은 행운이 아니라
궁함을 견딘 자에게만 슬며시 열리는 문이다.

그 문을 오래 지키는 것을
사람들은 '구久'라 불렀다.
잠시 오르는 자가 많아도
오래 버티는 자는 드물다.
역사의 위대한 이름은
모두 오래된 인내의 그림자에서 완성되었다.

무식한 도깨비는 부적을 모른다

그러나 오래됨이 모이면
다시 흔들림이 찾아온다.
그 흔들림의 이름은 '변變'이다.
역사는 변하지 않으면 닫히고
인생은 변하지 않으면 막힌다.
구久는 변變을 품어야 비로소 온전하다.

인생 또한 역사의 반복이다.
궁함을 두려워 말고
통함에 취하지 말고
구함을 자랑하지 말고
변함을 피하지 말라.

막힘은 깊어지는 길이고
열림은 지나가는 바람이며
지속은 보이지 않는 힘이고
변화는 다시 살아나기 위한 이름이다.

5. 디케의 저울과 대한민국의 저울

디케의 저울은
눈을 가리고도 정확히 기울었다.
무게가 아니라 진실을 달고
힘이 아니라 정의를 세웠다.

그러나 대한민국의 저울은
눈을 가린 줄 알았는데
손가락이 살짝 저울대에 걸려 있었다.
가벼운 것이 무겁다 하고
무거운 것이 가볍다 하니
법정은 깃털 속에 바위를 숨기고
거리의 사람들은 한숨 속에 나라를 업었다.

나는 두 저울 앞에 서서 묻는다.
"정의란 무엇인가?"
디케는 아무 말 없이 침묵으로 대답하고
대한민국의 저울은
말 많은 사람들의 손길 아래 흔들렸다.

그러나 아직 희망을 버릴 수 없는 까닭은

저울의 무게추 하나만 바로 놓여도
세상이 달라진다는 사실을
우리가 알고 있기 때문이다.

언젠가
디케의 저울과 대한민국의 저울이
같은 방향으로 기울기를
진실이 무게가 되고
침묵이 빛을 밝히는 날이 오기를
나는 오늘도
흔들린 저울 앞에서 조용히 기도한다.

6. 사랑의 경계

나를 사랑한 스파이와
피의자를 사랑한 검찰이 있었다.

나를 사랑한 스파이는
늘 그림자 속에서 웃었다.
그의 말 한 줄, 손끝의 떨림 하나도
진실인지 위장인지
나는 끝내 구별하지 못했다.
그러나 이상하게도
그의 거짓 속에서
내 심장은 강력하게 뛰었다.

피의자를 사랑한 검찰은
법전 위에 마음을 올려놓고
끝내 저울의 흔들림을 멈추지 못했다.
진실을 겨누는 손이 떨릴 때마다
누구를 지키고 있는지
그 자신도 몰랐다.

둘의 사랑은

서로 다른 전쟁터에서 피었지만
본질은 하나였다.
금지된 마음일수록
더 깊이 스며들어
도망칠 수 없다는 것.

마침내 나는 알았다.
사랑이란 때로
충성보다 잔혹하고
법보다 무겁고
임무보다 위험한 것임을.

스파이는 임무와 나 사이에서
자신을 잃었고
검찰은 정의와 사랑 사이에서
심장을 잃었다.

그리고 그 잿빛 경계 위에서만
우리는 서로의 진심을
가장 명확히 보았다.

7. 충언忠言과 직언直言

아첨은
언제나 부드럽게 다가와
영혼의 가장 약한 곳을 쓰다듬지만
그 손길 아래에서
충성은 한 번도 자라지 못한다.

간언을 품은 자는
비록 말이 거칠어도
등 돌리는 법이 없다.
진심은 칼이 아니고
칼처럼 보일 뿐이다.

용기는
진실을 숨기지 못해
입술을 먼저 열게 하고
양심은
남을 위한 말이라며
한밤중에도 잠을 깨운다.
비겁함만이
말문을 닫아

침묵에다 죄를 묻는다.

방관자는
언제나 양비론의 편에 서서
양쪽 모두를 탓하지만
아무 쪽도 돕지 않는다.
구경꾼은
뒷말만 주워 담으며
자신의 그림자를 더럽힌다.
기회주의자는
바람 부는 쪽으로 고개를 돌려
자신의 무게를 잃어버린다.

그러나
동서고금을 통틀어
세상을 움직인 사람은
항상 '참여한 자'이었지
결코 '구경한 자'가 아니었다.
방관의 눈은
단 한 번도
역사를 뜨겁게 만든 적이 없다.

내가 말하는

충언과 직언이란
고집으로 벽을 밀어붙이는 일이 아니다.
한 사람의 마음 깊은 곳에서
가만히 울려오는
하늘의 명命을 듣고
그 떨림을
가장 곡진한 언어로
세상에 건네는 일이다.

그 말이
누군가의 가슴을 아프게 해도
그 말이
누군가의 잠을 흔들어도
진실은
언제나 상처에서 피어난다.

충언은 마음의 결기요
직언은 영혼의 발화다.
그 둘은
하늘 아래 가장 맑은 목소리로
인간을 깨우는
오래된 불빛이다.

8. 설검舌劍과 지탄指彈

말은 칼날보다 먼저 벤다.
혀끝이 한번 번쩍이면
피 한 방울 흘리지 않고도
사람의 마음을 두 동강 내니
이것을 곧 '설검舌劍'이라 했다.

손가락은 돌을 던지듯
타인을 가리키는 순간
이미 죄목을 만들어 버린다.
입으로는 침묵해도
가리키는 행위 하나가
천 번의 비난을 대신하니
그것이 바로 '지탄指彈'이다.

설검은 빠르고
지탄은 멀리 날아가
결국 둘은
하나의 상처를 향해 만난다.
말의 칼이 마음을 베고
손가락 총이 명예를 부순다.

칼도, 돌도, 혀도, 손도
스스로 움직이지 않는다.
상처는 무기에서 나지 않고
무기를 쥔 마음에서 나온다.

설검을 거두어 입 안에 두고
지탄을 접어 손등 뒤로 감춘다.
비난의 칼은 조용히 녹슬게 두고
손가락 총은 내게로 향한다.

말로도 해치지 않고
손가락으로도 심판하지 않는
그 고요한 순간에야
비로소 사람의 얼굴은
사람답게 남는다.

9. 존경하는 친구와 편안한 친구

'존경하는 친구'는
내가 닮고 싶은 어떤 높이를 가진 사람이다.
그의 말 한마디, 삶의 결이
나를 한 단계 끌어올리는 힘이 된다.
그 앞에서는 나도 모르게 자세가 고쳐지고
말이 정제되며
내 마음이 조금 더 단단해진다.
존경은 경계가 아니라
나를 성장시키는 투명한 울타리다.

'편안한 친구'는
내가 아무것도 증명하지 않아도 되는 사람이다.
침묵해도 괜찮고
실수해도 괜찮고
지친 얼굴 그대로 있어도 부끄럽지 않다.
그는 나의 언어가 흐트러져도 이해하고
내 마음이 무너져도 받아낸다.
편안함은 방종이 아니라
있는 그대로 나를 알아주는 깊은 신뢰다.

나이가 들수록 깨닫는다.
사람의 마음을 오래 지탱하는 것은
높임과 존경만도 아니요
편안함만도 아니라는 것을

존경과 편안함이
한 사람 안에서 조용히 함께 머무를 때
비로소 우리는 그 관계를
'진짜 친구'라 부른다.

그러나 그 관계의
가장 큰 비극은
내가 상대에게 그런 사람이 될 수 있는가를
생각지 않는다는 데 있다.

10. 관중과 포숙아

세 번이나 등을 돌린 벗을
세 번이나 다시 품어 준 사람이 있었다.
역풍에 떠밀린 관중의 삶을
바람막이처럼 대신 맞아서 준
포숙아라는 이름의 오래된 그늘

남의 눈에는 배반이었으나
포숙아의 눈에는
미완의 사람, 미진한 마음이었고
그 마음이 다시 피어날
하루의 틈을 그는 믿었다.

그리하여 관중은 마침내 큰물이 되고
포숙아는 그 물을 일으킨 바람처럼
자취 없이 흘러갔다.
역사는 관중을 적고
사람들은 포숙아를 기억했지만
정작 포숙아 자신은
한 번도 자신을 영웅이라 부르지 않았다.

우리는 모두
포숙아 같은 친구를 원하면서도
정작 스스로는 관중의 두려움을 버리지 못하고
또 포숙아의 너른 품을 흉내 내지도 못한다.
배신을 두려워하고
용서를 망설이며
벗을 향한 마음보다
상처를 막는 울타리만 높인다.

오늘도
세상에는 관중도 아니고
포숙아도 아닌 사람들이
서로를 바라보며 멀어지고
그 사이로 믿음의 빈자리가
바람처럼 스친다.

그러나 문득
누군가의 흔들리는 뒷모습을
덮어 주는 한마디가 시작된다면
우리가 잃어버린 포숙아는
우리 안에서 다시 깨어날 것이다.

11. 시절 인연

인연은
찾는다고 오지 않고
잡는다고 머물지 않는다.

철 따라 흐르는 바람처럼
때가 익으면 스스로 다가오고
때가 다하면 조용히 멀어진다.

누군가는 봄볕처럼 스며들어
내 삶을 잠시 데워주고
누군가는 가을비처럼 스쳐 가며
마음의 먼지를 씻어 준다.

그것이 오랜 시간이었든
찰나의 순간이었든
스쳐 간 모든 이름은
시절 인연의 자취로 남는다.

우리는 다만
오려는 인연을 막지 말고

가려는 인연을 붙들지 말며
오늘 곁에 있는 마음 하나를
소중히 따뜻하게 대하면 된다.

인연의 주인은 우리가 아니라
시간이기에

때가 되면 만나고
때가 지나면 놓아주는 것
그 모든 흐름을 받아들이는 마음이
곧 시절 인연의 깊이다.

12. 관해난수觀海難水

한 번 바다를 본 사람은
물을 이야기하기 어려워한다.
한 번 깊이를 깨달은 마음은
표면의 흔들림을 쉽게 말하지 못한다.

큰 것을 본 눈은
작은 것을 가볍게 다루지 못하는 법
그 푸른 심연의 무게가
침묵으로 남아
말보다 길게 흐른다.

큰 것을 깨달은 사람은
작은 것도 함부로 이야기하지 못한다.
그 작은 것 속에도
한때 자신을 흔들었던
큰 진실의 조각이 숨어 있음을
이미 알고 있기 때문이다.

나는 오늘도
넓은 바다에서 배운 침묵을

속 깊이 간직한 채
작은 물결 하나에도
가볍지 않게 귀를 기울인다.

큰 깨달음은
말을 줄이고
대신 바라보게 한다.

바다가 한 번
내 마음을 건너간 뒤부터
나는 가장 사소한 물결 앞에서도
조용히 고개를 숙인다.

[보고의 정석]

"본 것은 본대로 보고하라. 들은 것은 들은 대로 보고하라. 본 것과 들은 것은 구별해서 보고하라. 보지 않은 것과 듣지 않은 것은 일언반구도 보고하지 말라."

이는 김훈의 소설 《칼의 노래》에 나오는 말이다. 그러나 《난중일기》 원작에는 어디에도 이런 말이 없다. 후대의 상상력이 가미된 표현이다. 만일 이 문장을 한역한다면 아마 이렇게 될 것이다.

소견여견이고所見如見以告
소문어문이보所聞如聞以報
견문필당분별見聞必當分別
미견미문未見未聞 일언반구一言半句 무득이보 毋得以報

불교 경전 《열반경》에 '군맹무상群盲撫象'이라는 사자성어가 있다. 장님 여럿이 코끼리를 만진다는 뜻으로 모든 사물을 자기의 좁은 소견과 주관으로 그릇되게 판단하는 것을 비유적으로 이르는 말이다.

13. 보고의 정석

본 것은
본 그대로 말하라.

빛이 닿은 자리에만
그림자가 서듯
눈이 머문 만큼만
당신의 말이 머물게 하라.

들은 것은
들은 그대로 전하라.
바람이 실어 온 소리 위에
당신의 숨을 더하지 말라.

보지 못한 것
듣지 못한 것은
침묵의 우물에
그대로 두어라
말은 한 번 흘러나오면
되돌릴 수 없다.

사람은 누구나
코끼리의 한쪽 귀나
서늘한 다리 기둥 하나만 만지면서
온몸을 보았다고 말하고 싶어 한다.

그러나
세상의 진실은 그렇게 작지 않고
우리의 손은 언제나
부분을 더듬을 뿐이다.

스스로 틀릴 수 있다고 생각할 때
비로소 전체가 모습을 드러낸다.

단편들이 모여
한 마리 코끼리가 되고
흩어진 말들이 모여
하나의 사실이 된다.

보고란
진실이 지나가는 좁은 다리를
흔들리지 않게 지켜주는
가장 조용한 기술이다.

14. 형용 모순의 무의미 시

별이 빛나는 비 오는 달밤에
우리는 단둘이 홀로 마주 앉았다.
젖지 않는 소낙비가
조용한 폭풍우처럼 어둠을 눈부시게 흔들고
밝은 어둠 속 검은 달빛은
사라질 듯 선명하게 우리 곁에 머물렀다.

지나간 미래는
빠른 속도로 천천히 우리 곁에 돌아오고
영원처럼 짧은 내일의 기억들은
멈춰 선 강물처럼 내 마음에 흐르는데
잊히지 않는 망각의 세월 속에
희미하지만 뚜렷한 사랑이 흔적이
깃털 같은 천근의 무게로 나를 누른다.

말 없는 대화 속 침묵의 언어들은
서로의 존재 속 부재를 마주하는데
텅 빈 방 가득 찬 공허는
허무한 내 마음에 충만하다.
고요한 밤의 함성은 지친 새벽을 깨우고

살아 있는 죽음처럼
빛나는 어둠의 자리에 메아리치고 있었다.

차갑도록 뜨거운 마지막 첫 만남의 기억은
멈춰버린 속도의 흐름 속에
영원히 흐르지 않는 시간의 흔적처럼
아련한 내일의 추억으로 남아 있다.

우리를 에워싼 무거운 침묵의 소음들이
심연의 문을 열며 나지막이 절규한다.
'잊혀져 가는 것들만이 영원의 순간 속에
가장 깊게 기억되는 것일 뿐이라고'

'비와 달빛'처럼
사랑하기 때문에 헤어지자는 약속은
밝은 어둠 속 차가운 열기처럼
내일의 추억 속에 영원히
망각의 기억으로 내게 머문다.

15. 운명運命

국물은 부엌을 닮고
우물은 마을을 닮고
강물은 언덕을 닮고
바다는 대륙을 닮고

얼굴은 세월을 닮고
언어는 인품을 닮고
행동은 신념을 닮고
눈물은 인간의 마음을 닮는다.

자녀는 부모를 닮고
제자는 스승을 닮고
부부는 서로를 닮고
이웃은 인정을 닮고

사랑은 희생을 닮고
우정은 의리를 닮고
고난은 희망을 닮고
운명은 하늘의 솜씨를 닮는다.

물은 어떤 그릇에 담느냐에 따라서 모양이 달라지지만,
사람은 어떤 사람을 만나느냐에 따라 운명이 결정된다.

내가 당신을 만난 것은 하늘의 축복입니다.

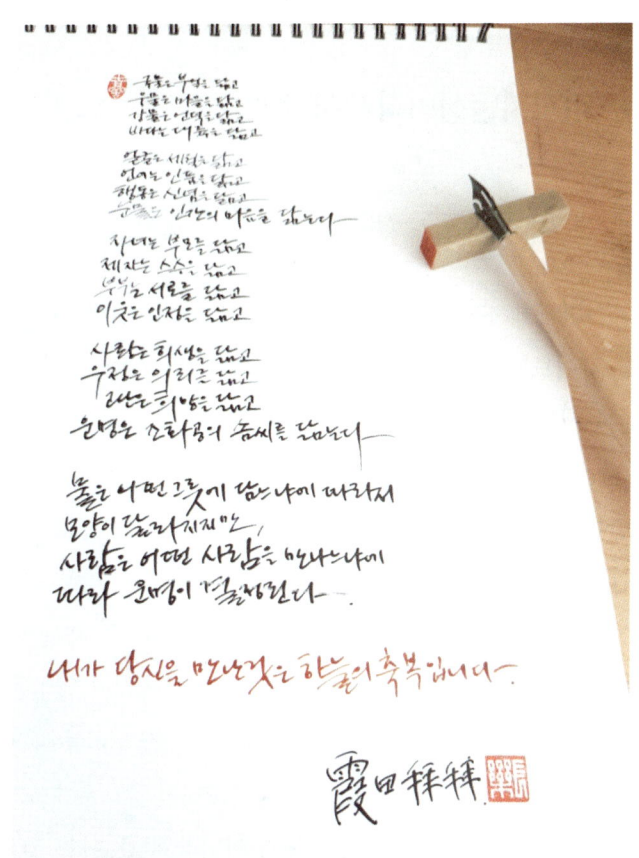

'지시지난심어작시지난知詩之難甚於作詩之難'

   중국 송宋대에 유행했던 이 말은 '시를 짓는 기술보다, 시의 참된 가치를 알아보는 안목이 훨씬 더 어렵다'라는 의미이다. 고전 비평에서 '일류 시인'은 많으나, '일류 감식가'는 드물다는 인식이 있다. 이 말은 시인보다 비평가가 우월하다는 말이 아니다. 시를 안다는 것은 창작만큼이나 무거운 책임이라는 뜻이다. 즉 '시는 손으로 지을 수 있지만, 시를 아는 일은 삶 전체를 통과해야 가능하다'라는 의미다.

   굳이 자신의 시에 스스로 서평의 변을 덧붙이는 이유는 자신이 쓴 시를 정작 자신도 설명하지 못하는 형용모순에 빠지지 않기 위해서이며, 동시에 과도한 은유와 반복되는 역설로 인해 독자가 의미를 파악하지 못한 채 막연한 감정에만 머무르는 독서를 강요하지 않기 위해서이다.

   이는 시를 해설로 고정하려는 의도가 아니라 시를 '아는 일'의 책임을 창작자 스스로 먼저 감당하려는 태도이며, 시가 지닌 사유의 방향과 윤리적 책임을 분명히 하려는 시도이다. 또한 시와 독자 사이의 거리를 불필요하게 낯설게 만들지 않으려는 초보 시인의 자각적 선택이다. 여기에 몇 편의 시에 대한 자발적 주석을 덧붙인다.

64p 〈아내에게 쓰는 반성문〉

이 시는 '사랑의 고백'이 아니라 '사랑에 대한 책임의 진술'이다. 흔히 아내에게 바치는 시가 감사나 헌사, 혹은 뒤늦은 애정 표현에 머무르는 데 비해 이 작품은 사랑을 미화하지 않고 해부한다. 화자는 사랑을 했다는 사실보다 그 사랑이 남긴 상처와 결과를 먼저 응시한다는 점에서 이 시는 '고백문'이 아니라 '반성문'이라는 제목에 충실하다.

시의 첫 연은 관계의 비대칭성을 단정적으로 드러낸다. "아내는 나를 만나 상처 난 인생이 되었고 / 나는 아내를 만나 철없는 인생이 되었다"라는 문장은 사랑이 두 사람에게 동일한 결과를 주지 않는다는 냉정한 인식을 담고 있다. 여기에는 변명도, 자기연민도 없다. '상처'와 '철없음'이라는 대비는 관계 속에서 누가 더 많은 대가를 치렀는지를 암묵적으로 드러낸다. 이 절제된 불균형의 인식이 시 전체의 윤리적 긴장을 형성한다.

이어지는 연에서 '어머니'와 '아내'를 대비하는 방식은 특히 주목할 만하다. 생명을 준 존재와 삶을 가능하게 한 존재를 구분함으로써, 화자는 아내를 감정의 대상이 아니라 실존의 조건으로 위치시킨다. 이는 사랑을 '감정의 차원'에서 '삶의 구조'로 끌어올리는 중요한 전환이다. 아내는 더 이상 동반자가 아니라 현재의 '나'를 성립시키는 근원으로 제시된다.

중반부에서 시는 가장 날카로운 윤리적 언어에 도달한다. "당신의 상처는 내가 빚은 빚"이라는 구절은 관계에서 발생한 고통을 운명이나 성격 차이가 아닌 '부채'로 규정한다. 이는 책임의 언어다. 또한 "당신의 삶은 내가 써 내려간 책"이라는 표현은 타인의 삶이 나의 선택과 태도로 얼마나 깊이 각인되는지를 상징적으로 보여준다. 여기서 사랑은 더 이상 감정이 아니라 타인의 삶을 집필하는 행위가 된다.

이 시의 미덕은 반성이 자기 비하로 빠지지 않는 데 있다. 화자는 자신을 낮추되 아내를 이상화하지 않는다. 대신 "당신의 하루는 내가 다시 배워야 할 기도"라는 문장을 통해 사랑을 지속적인 학습과 수행의 영역으로 옮긴다. 기도는 '완성된 언어'가 아니라 '반복되는 태도'이며, 여기서 사랑은 하루하루 새로 배워야 할 '윤리적 실천'으로 정의된다.

후반부의 깨달음은 이 시의 중심 명제다. "사랑은 그저 오래 버티는 일이 아니라 / 한 사람을 다치지 않게 지어가는 일"이라는 문장은 결혼과 동반자 관계에 대한 통속적 인내 서사를 넘어선다. 버틴다는 것은 견디는 주체의 이야기지만, '다치지 않게 지어간다'라는 것은 상대의 삶을 설계하는 책임의 언어다. 이 전환은 사랑을 '시간의 문제'가 아니라 '태도의 문제'로 재정의한다.

마지막 연에서 화자는 미래를 선언하지만, 그 선언은 결코 장담이 아니다. "내일의 나는 당신을 위해 다시 쓰겠다"라는 말은 '완성의 약속'이 아니라 '수정의 약속'이다. 쓰겠다는 말은 언제든 지워지고 고쳐질 수 있음을 전제한다. 이 열린 결말은 반성의 진정성을 오히려 강화한다.

결국 이 시는 아내에게 바치는 사적인 고백을 넘어, 모든 관계에 적용될 수 있는 윤리적 문장으로 확장된다. 사랑은 '주는 것'이 아니라 '남기는 것'이며, '감정'이 아니라 '결과'라는 사실을 이 시는 조용히 그러나 분명하게 증언한다. 그래서 이 작품은 감동을 강요하지 않는다. 대신 독자로 하여금 스스로의 관계를 되돌아보게 만드는 힘을 지닌다. 그것이 이 시가 지닌 가장 깊은 문학적 성취다.

66p 〈인생 반성문〉

반성문은 보통 외부 권위에 제출되는 문서이지만, 이 시에서의 반성문은 "누구에게 보내는 편지가 아니라 / 내 마음의 재판정에서 / 나에게 내리는 판결문"이다. 즉, '심판자'와 '피심판자'가 동일한 내면의 법정이 열린다. 이는 신神의 앞에선 고해도, 사회 앞의 변명도 아닌, 오직 자기 자신과의 대면이라는 점에서 매우 엄격하다.

이 시의 가장 두드러진 점은 죄의 정의를 '행위 차원'이 아니라 '윤리적 가능성의 자원'으로 확장한다는 데 있다. '미워한 죄', '탐욕을 품은 죄', '불의를 방조한 죄', '할 수 있었으나 행하지 않은 선의 부재' 특히 "'행하지 않은 죄'는 세월보다 더 길게 내 그림자를 끌고 다녔다."라는 구절은, 이 시가 단순한 도덕적 훈계가 아니라 양심의 시간성을 사유하고 있음을 보여준다. 죄는 사라지지 않고 그림자처럼 길어진다는 인식은, 한 개인의 생애 전체를 관통하는 무게를 형성한다.

이 시는 자기 비하나 감정의 과잉으로 흐르지 않는다. "몇 날이나 있었던가?", "몇 번이나 있었던가?"라는 반복적 반문은 독백이면서 동시에 독자에게 던지는 질문이다. 이 절제된 어조 덕분에 시는 자기연민을 피하고, 보편적 성찰로 확장된다.

마지막 연에서 시는 후회로 끝나지 않는다. "후회가 아니라 / 남은 생을 바로 세우기 위한 / 나의 늦은 맹세" 이 선언 이후, "그리고 / 마지막 구절은 생략한다." 이 침묵은 매우 효과적이다. 말해지지 않은 마지막 구절은 독자의 몫이 되며, 동시에 실천으로만 완성될 문장임을 암시한다. 말이 끝나는 자리에서 삶이 시작되는 구조이다.

이 시는 노년의 회고에 머무르지 않고, 종교적 참회에 갇히지도 않으며, 윤리적 선언을 감정적으로 소비하지도 않는다. 오히려 "어떻게 남은 시간을 살아야 하는가?"라는 가장 오래된 질문을 조용하고 단단한 언어로 다시 세운다.

서정시라기보다는 도덕적 명상문, 혹은 삶의 후반부에 쓰는 인간 선언서에 가깝다. 독자는 이 반성문을 '타인의 고백'으로 읽다가 어느 순간 자기 자신의 이름을 그 자리에 대입하게 될 것이다. 그 점에서 이 시는 고독한 반성문이며, 동시에 독자에게 건네는 무언의 질문장이다.

111p 〈개미와 베짱이〉

이 시는 이솝 우화 〈개미와 베짱이〉를 단순한 도덕 교훈의 틀에서 해방시켜, 현대 자본주의 사회의 불균형한 보상 구조와 인간의 기대 심리를 성찰하게 하는 재해석의 성과를 보여준다. 전통적 우화에서 개미는 성실의 화신, 베짱이는 무책임한 향락의 상징이었으나 이 시에서 그 도식은 과감히 전복된다. 성실은 파괴되고, 놀이처럼 보였던 창작은 자본과 제도로 환원된다. 이 전복은 윤리의 붕괴가 아니라 우리가 믿어온 윤리의 전제가 얼마나 취약한가를 드러내는 질문이다.

시의 전반부는 두 삶의 태도를 균형 있게 제시한다. 개미는 "땀 한 방울까지 미래로 저축"하며 계절의 논리를 충실히 따른 존재이고, 베짱이는 "바람과 햇살을 악보 삼아" 하루의 현재를 노래하는 존재다. 어느 쪽도 비난받지 않는다. 오히려 시는 두 삶을 모두 성실하게 그린다. 노동의 성실과 창작의 성실은 동일한 밀도로 묘사되며, 문제는 인물의 태도가 아니라 그 이후에 찾아오는 세계의 응답이다.

전환점은 가을 홍수다. 자연재해는 우화적 겨울이 아니라, 예측 불가능한 현실의 은유로 등장한다. 이 홍수는 '노력하면 안전하다'라는 믿음을 무너뜨린다. 개미의 창고가 무너지는 장면은 단순한 비극이 아니라 성실이 언제나 위험을 회피하게 해 준다는 사회적 신화를 해체하는 장면이다. 성실의 무게가 물살에 휩쓸려 사라진다는 표현은 개인의 윤리가 구조적 재난 앞에서 얼마나 무력해질 수 있는지를 상징한다.

반면 베짱이의 노래는 '저작권이라는 긴 그림자'로 확장된다. 여기서 시는 예술의 승리를 찬양하지 않는다. 오히려 우연, 제도, 시대적 환경이 어떻게 한 개인의 삶을 지탱하는 자본으로 전환되는지를 냉정하게 보여준다. 베짱이의 성공은 노력의 결과라기보다 선택과 재능, 그리고 시대가 맞물린 결과다. 이 대비는 공정성에 대한 감정적 분노를 유도하기보다는 삶의 보상이 얼마나 비선형적非線形的인지를 사유하게 한다.

이 시가 교훈적인 이유는 좌절을 조장하기 때문이 아니라 기대의 방향을 재정립하도록 이끌기 때문이다. 화자는 "삶은 언제나 / 노력의 양과 보상의 무게를 / 정확히 맞추어 주지 않는다"라는 깨달음에 도달한다. 그러나 이는 허무주의가 아니다. 시는 성공을 보장하지 않는다는 사실을 말하면서도 노력이 무의미하다고 말하지 않는다. 오히려 노력의 의미를 '성공'이 아닌 '성장'으로 재배치한다.

이어지는 화자의 인식은 이 시의 사유를 윤리적 차원으로 확장한다. 우리는 흔히 '큰 꿈'을 말하지만, 그 꿈은 '성장'보다 '성공'을 가리키는 경우가 많다. 성공을 목표로 할 때 노력은 쉽게 배신으로 전환된다. 반면 성장을 기대할 때 노력은 그 자체로 축적된다. 성장은 외부 환경이 빼앗을 수 없지만, 성공은 언제든 무너질 수 있다. 이 시는 바로 그 지점을 정직하게 보여준다.

따라서 이 작품의 긍정성은 '그래도 노력하라'는 단순한 위로가 아니라, '무엇을 기대하며 노력할 것인가'라는 질문에 있다. 노력은 성공을 약속하지 않지만, 노력 없는 삶은 어떤 성장도 보장하지 않는다. 시는 이 불편한 진실을 감상적 위안 없이 제시함으로써, 독자가 자신의 기대를 스스로 점검하게 만든다.

결국 이 시는 개미를 패배자로 베짱이를 승자로 나누지 않는다. 대신 우리 모두가 '개미'이기도 하고 '베짱이'이기도 한 존재임을 인정하게 한다. 그리고 묻는다. 우리가 쌓아야 할 것은 안전한 창고인가, 아니면 무너지지 않는 내면의 확장인가. 이 질문을 남긴다는 점에서 이 시는 냉정하면서도 교훈적인 현대적 우화라 할 수 있다.

113p 〈무식한 도깨비는 부적을 모른다〉

이 시의 출발점은 '기적'에 대한 통념을 깨는 데 있다. '물 위를 걷는 일', '죽은 자가 되살아나는 사건' 같은 종교적이고 극적인 기적 대신, 시는 '오늘도 땅을 딛고 살아 있음', '숟가락 하나를 들어 올리는 미세한 힘', '이미 죽었어야 할 존재가 숨 쉬고 있음'을 기적으로 재정의한다. 이는 기적을 초월의 영역에서 존재 그 자체의 지속성으로 끌어내리는 사유이며, 삶의 가장 낮은 자리에서 경이를 회복하려는 태도이다.

경기장의 '인저리 타임' 비유는 이 시의 핵심 은유 중 하나이다. 인간은 자신이 시간을 관리하고, 인생을 조율한다고 믿지만, 실상 문을 여닫는 손은 이름 없는 심판의 호루라기일 뿐이다.

여기서 시는 '운명을 개척하려는 의지', '역사를 뒤엎으려는 과도한 자기 확신'을 경계하며, 인간 존재가 얼마나 정교하면서도 연약한 구조물인지를 차분히 드러낸다.

"만고불변의 법칙은 기도가 아니라 씨앗이다"라는 선언은 이 시의 윤리적 중심축이다. 이 작품에서 세계는 초월적 보상 체계가 아니라 인과와 귀환의 질서로 작동한다. "선은 선으로 돌아오고 악은 자기 그림자를 데리고 귀환한다." 이러한 세계관은 종교적 위안이 아니라, 행위의 책임을 인간 자신에게 되돌리는 윤리적 현실주의에 가깝다.

'적을 만들지 말라', '주장하지 말라', '선악을 재단하지 말라'는 연속된 명령문들은 세상을 '전선戰線'으로 만드는 인간의 습관에 대한 깊은 경고이다. 특히 "인생은 / 빼앗겨서 가난해지는 것이 아니라 / 붙들어서 무거워진다."라는 구절은 경쟁과 소유의 논리를 가장 단순하면서도 설득력 있게 전복한다.

　독수리·참새·나비의 비유는, 성공과 탁월함을 동일한 척도로 재단하는 현대적 강박에 맞선다. 이 시에서 존재의 가치는 비행의 높이가 아니라 자기 자리에서의 충만함에 있다. "존재는 자기 높이에서 가장 빛난다"라는 문장은 이 작품 전체를 관통하는 미학적 선언이다.

　마지막 연에서 시는 삶을 '소유'가 아닌 '임차', '권리'가 아닌 '부채'의 관점에서 정리한다. "영구 소유권은 없고 / 이름 석 자조차 내가 지은 것이 아니며 / 인생은 돌려줄 준비를 한 채 / 잠시 다녀가는 여정"이라는 결말은 체념이 아니라, 감사와 절제의 윤리로 귀결된다.

　이 작품은 교훈을 말하지만 설교하지 않고, 윤리를 말하지만, 도덕주의로 흐르지 않는다. 은유는 분명하고, 역설은 절제되어 있으며, 독자를 감정의 안개 속에 방치하지 않는다. 〈무식한 도깨비는 부적을 모른다〉는 기적을 믿지 말라는 시가 아니라 이미 충분히 기적 속에 살고 있음을 자각하게 하는 시이며, 높아지라고 부추기지 않고 가볍게, 조용히, 책임 있게 살아가라고 권면하는 현대적 아포리즘 시라 할 수 있다.

　독자 제현께 지극한 감사의 마음으로 북향 사배를 올린다.

병오년 춘삼월 상우재尙友齋에서

하전霞田 박황희 삼가 쓰다.

무식한 도깨비는 부적을 모른다

2026년 01월 26일 초판 1쇄 발행

저자   박황희

발행인   전병수
본문 표지 디자인   배민정

발행   도서출판 수류화개

　　　　등　록. 제569-251002015000018호 (2015.3.4.)
　　　　주　소. 세종시 한누리대로 312 노블비지니스타운 704호
　　　　전　화. 044-905-2248
　　　　팩　스. 02-6280-0258
　　　　메　일. waterflowerpress@naver.com
　　　　홈페이지. http://blog.naver.com/waterflowerpress

© 도서출판 수류화개, 2026

값 16,000원
ISBN 979-11-92153-29-2 (03810)